U0004141

EMERGENCY

陸上怪獸警報

DATA FILE NO.038
TYPE : Cryptozoology
FORM : Anecdotal Evidence
CODE : 0079-01-27

唐澄暐

陸上怪獸警報

DATA FILE NO.038
TYPE : Cryptozoology
FORM : Anecdotal Evidence
CODE : 0079-01-27

EPISODE：1

怪獸甦醒

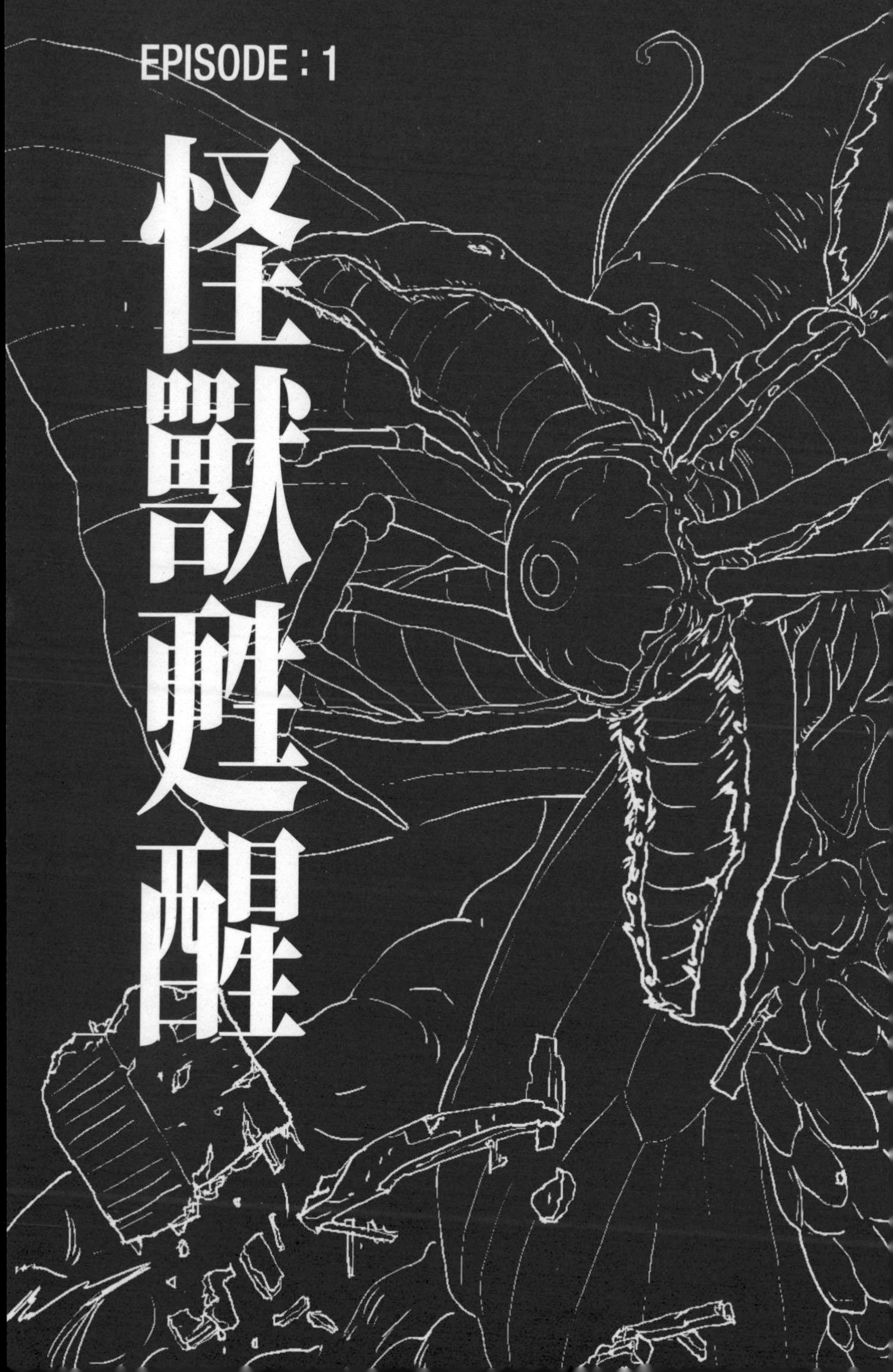

DATA FILE.

001

怪獸的棄孩

TYPE : Metamorphosis

FORM : Feral Children A-C

民國八十三年，特殊生物防治局的防治人員在驅趕一批怪獸離開台灣時，發現隊伍中有三頭特別嬌小的人形怪獸。出於好奇，他們冒著被怪獸攻擊的危險，試圖將這三頭小怪獸留下；意外地，其他怪獸完全無意保護牠們，牠們察覺人類靠近，就拋下小怪獸，往海中離去。

防治人員仔細端詳這些小怪獸後大吃一驚：儘管當初目擊時，牠們就像其他怪獸一樣行走、爬動，叫聲古怪，但他們是貨真價實的人類，三個都是。「被怪獸養大的孩子」的消息一傳開，各家報紙、三大無線電視台爭相用最大篇幅報導，一時間成為全島最轟動的新聞。

一開始，各家媒體聚焦在這三頭「怪獸孩」的奇妙動作上。雖然他們樣貌與人類無異，但可能因為長期和怪獸相處，使用四肢的方式已不太一樣。他們走路時，雙手不像普通人那樣垂著來回擺動，反而是像拳擊手那樣平舉在胸前；他們的步伐緩慢，但每一步都用上了半邊身子的力氣往下踩，像要把地板踏破一樣。走個幾步，他們就會停下來，對面前鼓足了力，學怪獸那樣驚天動地地吼，但小小的嘴巴裡，只會冒出孩子追著玩似的天真尖叫聲。

確認他們健康無虞期間，保健人員也開始觀察他們。出乎意料地，這三個怪獸孩的學習能力並不弱，進食排便那些很快就能上手，但打針就遇到很大困難，有一不具名的保健人員形容，他們抗拒起來簡直不輸大怪獸——就像幾年前防治人員企圖以注射細菌的方式鎮壓一頭核能怪獸，不僅毫無成效，被激怒的怪獸當場還夷平了整塊鬧區。保健人員曾試圖教他們一些注音符號，但他們對任何話語都毫無反應，只會一如往常地尖叫。

如何安排怪獸孩接下來的生活，是令相關單位十分頭痛的問題。有部分民意代表認為，這三個東西被怪獸養大，再怎麼養下去注定也是怪獸，如果動物園嫌麻煩不願收容，倒可以考慮讓民間牧場（據說該民代就是某牧場的實質經營者）來收養他們；也有其他代表認為該成立專屬設施來照料他們一輩子，但其計劃因成本過高，甚至比牧場收養更快被否決。

然而問題不能永遠延宕下去。這三個精力旺盛的怪獸孩，彷彿生下來就是為了決鬥一樣，不打則已，一打起來就像之前在市中心大戰的怪獸一樣，分出勝負前可以無止境地推擠、撕咬甚至噴火（有些保健人員多年後聲稱看過他們三個互相噴射火焰，但他們打鬥的地方碰巧是廚房，極有可能是看錯了瓦斯爐的火焰），加上各界人士過度頻繁的關心，讓原本人力不足的保健單位更疲於奔命。耳聞這些事情的媒體又鑽盡漏洞想獵取怪獸孩大打出手的畫面，甚至刻意在採訪中激他們開打，保健單位不堪其擾，只好儘速將他們分別轉交不同的志願單位接手。焦點一分散，加上大眾開始對這種天天一樣混亂的新聞感到乏味，怪獸孩的新聞逐漸減少，三人很快就消失於眾目之前。

報告接下來的部分，是根據零星資料、個人訪談及其他描述所整理出來的，有關三個怪獸孩分離直到事件發生之間的概述。

儘管新聞熱門期間沒什麼人特別在意，但保健人員在照料時，就注意到三人還是有些許差異。以下就以孩童甲、乙、丙分別代表三個怪獸孩：

孩童甲剛被發現時，就是三個怪獸孩中體型最健壯的。雖然時常主動挑起打鬥，但只要保健人員下了禁止指令，就會立刻停手。保健人員初步判斷，他在三個孩童中智能應該最高，能理解較多指令，與保健人員的互動也是三人中最好的。

孩童甲很快就由私人機構所贊助的學校體系接納。該學校體系因為龐大的資源、嚴格的管理和入學的高門檻，一向是政商名流的首選。該校收容孩童甲的決定看似古怪，其實相當合理——他們深信以該校從幼到大的一貫學制，絕對能將原本有如怪獸的孩童甲徹底恢復為正常人，甚至進一步達到校訓所言，「化為人中龍鳳，翱翔世界之巔」。

由於缺乏新聞關注（加上該校一向擅於隔絕外界窺探），孩童甲這段期間的教育過程，只能從退休的教師或少數同學口中得知。據說在缺乏監護人的情況下，孩童甲接受了特別嚴酷的個別教育，逼著他一步一步學會寫字、說話，以及各種生活規範。數年後，當其他同學第一次見到孩童甲時，除了年齡稍長外，他的基本能力已沒有什麼落差。然而，像怪獸一樣的步伐、殘存些許獸鳴的口音，可想而知地，孩童甲注定仍是同學的取笑對象。老師奉令無視其他同學成群欺負他，還嚴厲處罰他對同學的還手，同時又刻意指使一些同學開導他，使他順從團體生活。

雖然頭幾年對大家來說是場艱苦的混戰，但孩童甲確實逐漸有了正常人的舉止。緊接著就是學業導正——出於被怪獸養大的天性，孩童甲雖然改正了大半的動作和腔調，但興趣仍深受影響，雖然在生物科表現優異，但對怪獸學也抱持令人擔憂的過高興趣，在課堂上、下課時滔滔不絕地講著怪獸；基於本島自民國八十三年來強制驅逐怪獸的政策，這對孩童甲及學校來說都不是好事。幸好青春期的荷爾蒙起了作用，逐漸在團體中察覺話題窒礙的孩童甲，也收斂起那些講不完的怪獸，轉將精力投注於提升自我；於是該校完成了一開始許下的承諾，孩童甲不只恢復為正常人，甚至變成了出類拔萃的優等生。

孩童乙的成長歷程，和孩童甲有如天壤之別（也因此一直謠傳著，三個怪獸孩分開教養，是某種實驗對照的陰謀）。相較於孩童甲，孩童乙就沒那麼健壯，雖然少主動挑起打鬥，但和保健人員的互動也不好；他們常抱怨孩童乙遇到一點點危險就亂竄，跑起來十分難抓，可以說是最「野」的怪獸孩。

收養孩童乙的就是當年民意代表提案的那間牧場；然而，怪獸孩是人還是怪獸的爭議都還沒平息，該民代就因涉及本島史上最嚴重的吸金案而潛逃，在一片追債與接管的混亂中，牧場關門大吉，孩童乙連同眾多資產下落不明。

這段期間發生的事情成了島內一大謎團：有人聲稱在巡迴各鄉村的奇人秀中看過青春期的孩童乙，但調查後證實多半為假冒；有些在山中種菜的老榮民目睹髒兮兮的野人跑來偷菜，被圍捕時還發出多年未在島上響起的怪獸吼叫；而在西部沿海則一直流傳著疑似孩童乙的謠言，說偷偷跑去海邊的小孩會被海裡冒出的「大猴仔」抓來吃掉（但在杜絕走私後就少有聽聞）。也有許多綜藝節目主打在「大猴仔」出沒的幽暗荒野追捕孩童乙，假裝驚恐地對著燈打不到的地方甩動鏡頭亂叫一氣，但始終連影子都沒拍到。不過根據一份可信度極高的報告指出，其實在許多對外聯繫困難的山區村落，人們不只定期見到孩童乙，還跟他保持不錯的關係——據說他會擔任獵人的指路者，或是把受傷的登山客從各種崎嶇的深谷抬出來。

至於孩童丙的遭遇，不知道該說是最幸運還是最不幸。由於收養孩童丙的夫妻始終不願多說，詳細情形也只能約略拼湊。這對夫妻收養孩童丙的動機純粹出於憐憫；孩童丙天生瘦弱，往往是打鬥中落敗的一方，彷彿離開怪獸群之後就失去了一部分生命。他對保健人員的呼喚幾乎毫無反應，除了被迫還手之外，幾乎整天望著怪獸當年離去的海那一方。從一些初步診斷，得知孩童丙的感官其實是三人中最銳利的，但因缺乏互動，而難以了解其實際智力。

也就是這樣的柔弱，勾起了那對富有夫妻的憐憫之心，他們將孩童丙帶走後便徹底保護著他，不讓外人見他一面；據說在該夫妻偏遠的豪宅中，他們放任孩童丙所有怪獸般的舉止，還為他打造了一個虛擬怪獸世界。根據一些曾參與建築設計的人透露，他們訂製了各式各樣的怪獸模型，在豪宅花園的每一吋土地上擺滿了孩童丙的替代伙伴。

最後一批完工的工人還看過孩童丙，當時他就像在保健中心一樣，呆呆地望著怪獸離去的方向一動也不動，彷彿變成了花園裡最後一具怪獸模型。從此再也沒人聽聞孩童丙的消息，但從豪宅高牆上的倒刺和監視系統可以猜測，他應該無法離開這人工的怪獸世界。一般相信他沒有活下來——距離他們三個被發現二十年後的某個晚上，一陣野獸的悲鳴從豪宅傳出，幾公里外的人都聽得一清二楚。本以為會是漫長的哭泣聲，卻在逐漸激動處像斷掉的錄音帶一樣戛然而止。

童甲就爆發了。

半的激昂手勢便僵在半空中，動也不動。其他代表還來不及查覺那有什麼異常，孩這場會議幾乎確定了他將成為本島政權的未來接班人——聽到那聲音，他揮舞到一到耳膜些許刺痛與心中微微的不安。但正在一場密室會議中發表看法的孩童甲——咆哮激起巨浪、打過海堤，灌進島上每一對人耳。或許因為距離太遠，人們只感受獸們現身海上，齊聲回應孩童丙的死訊。各種遠離人類文明的低鳴、轟音、尖嘯、「事件」就從這時開始。不一會兒，遙遠的海上就傳來回音。當年被趕走的怪關於當天會場的慘劇，相關報導就相當充足，雖然多半過於誇大血腥，但簡而言之，孩童甲一聽到怪獸的呼喚，就解開了過去二十年人們綑在他身上的所有鎖鍊。一瞬間，他彷彿變回當初被遺棄的那頭怪獸孩，但被扭曲了太久，他所做的恐怕早超過了當初的本能。會場內倖存的某企業主管說，當時孩童甲真的變身成某種怪獸——但那恐怕只是創傷後的壓力損毀了記憶，沒有什麼道理能說明人解開二十年的扭曲壓抑後，要怎麼變成一頭真正的怪獸，密室裡也沒有別人活下來證明他的話。

同時，怪獸朝本島逼近的消息也已傳開，城內早就亂成一團，孩童甲則趁亂大開殺戒——有著人的形貌、怪獸的體能和二十年的痛楚，他在人群中要殺多少人都沒有限制。整個事件後整體傷亡人數難以估算，多少也誇大了他的屠殺。

唯一可以確定的是，很多倖存者看到滿手滿嘴鮮血的孩童甲，跳上大樓樓頂，頂著猩紅的月亮，對著夜空呼號。事後人們形容那是惡魔的聲音，因為那不像野獸，更像人在狂笑。

然而第一個被那聲音引來的，是孩童乙。他長大了不少，弓著手腳像一匹狼沿著街道奔來，像壁虎般一溜煙爬上大樓，回應著月亮下的兒時同伴。人們回憶那聲音都說，那才像是自然的聲音，原本慌成一團的人們反倒在聲音中冷靜下來，望著當年那兩個怪獸孩重逢，與隨之而來的最後一場打鬥。

其實他們不該有什麼殺害對方的理由，他們會在血腥的那一晚打起來，或許只是在回味往日吧。但太多年過去，兩邊都忘記了出手輕重，不經意間，玩耍就成了生死決鬥。早就失去那種野性力量的眾人，只能在下頭呆呆仰望夜空中兩道跟不上的影子來回飛竄，直到孩童乙劃開孩童甲的咽喉。他應該不是故意的——孩童乙轉身想對倒地的孩童甲再補一掌，卻發現孩童甲動也不動。他惡作劇地用手頂了孩童甲的頭一下，又一下。他繞著他一圈又一圈，不知道該怎麼辦。最後他放棄了，號出悲傷的哭聲。

據事後比對，哭聲響起時，海上的怪物正陸續登陸本島。二十年前被趕走的怪獸們也變得更巨大了，曾經驅離過牠們的防線早就不堪一擊。隨著一棟又一棟大樓倒下，所有的怪獸都集結在停止哭泣的孩童乙面前。領頭怪獸輕柔的呼吸，共鳴著孩童乙的呼喊，不一會兒，怪獸一頭接一頭轉身，往海的方向走去。孩童乙看了看孩童甲，轉身跳下大樓，頭也不回地跟著離去。事後一直有個謠言說，在場的人們都有看到，每當孩童乙走遠一步，他的背上就長出一根突刺，直到他混入了怪獸的隊伍，一起消失在城市盡頭。

▲民國八十三年《有線電視法》公告施行，最常放映怪獸電影的日本WOWOW頻道首當其衝地從就地合法的第四台中消失。

EPISODE : 2

神秘生物
目擊事件

DATA FILE.

002

魯魯的呼喚

TYPE : Cthulhu -dependent

FORM : Lovecraftian Monsters

魯魯入學的第一天，就發現班上什麼樣的同學都有。比如說他左邊的男生，背上全是又尖又硬的棘刺，往後一靠就插進後頭那個同學的桌子裡，想拔也拔不出來。或像他右邊的男生，被金屬般的蟲殼包著，整天看不到臉，到了下午陽光斜射，還會變得像黃金一樣閃亮。

不過最令他好奇的，還是坐在老師正前方那個女生。她的頭是一大串觸手，每條觸手前端都張著一顆眼睛。許多眼睛包圍著老師的臉，好像巴不得老師只看見她。其他的眼睛在教室裡東拐西彎，像蛇一樣緩緩繞著同學轉來看去，還有更多隻就看著她自己，眨也不眨。

那些眼睛讓魯魯特別不舒服。像現在這隻眼睛，就一路往魯魯的抽屜裡伸進去，他一想糟了，老師說不能帶的書就放在那裡頭，可是來不及了，眼睛鑽出抽屜抬了起來，一邊瞪著魯魯一邊繞著他，經過他耳邊發出一陣陣鈴鐺般的竊笑。聽到那聲音，魯魯的手忍不住揮了一下，正好打中那隻眼睛。

瞬間所有眼睛一起向上甩，把整間教室的桌椅全掀了起來。女生一邊揮著眼睛一邊發出詭異的哭叫聲，老師想要上前安撫她，卻被打飛到教室一角。哭叫聲像是產生了共鳴，讓整間教室，甚至是整間校舍都跟著震動起來。

忽然窗邊的同學拚命大叫。大家轉頭一看，一隻長著無數條觸手眼睛，像是參天巨木般的身影，正一腳跨過圍牆朝教室走近。像樹幹一樣粗的眼睛打破窗戶伸了進來，窗邊的同學連忙避到走廊側。一看到巨木，女生的眼睛忽然就溫柔了起來，像水族箱裡的草那樣隨水流輕輕擺動。她緩緩伸出一隻眼睛，和伸進教室的大眼睛輕輕碰了一下。大眼睛立刻轉了過來，惡狠狠地盯著魯魯。魯魯好像被那眼睛吸住了一樣，動也不敢動，也不敢往旁邊看。這時他的腦中只能想著她——每個可怕的時候，只要她在身邊，就什麼都不害怕了……

又是一陣震動。巨大的觸手縮了回去，轉眼盯著外頭。魯魯一看，忍不住開心地叫了起來——

是那個最熟悉、最令他安心的身影。巨大圓滑的頭顱下，無數條章魚般的觸手在空中舞動著；像山一樣高的身體背後，是一對可以蓋住天空的巨大翅膀。

媽媽終於來了。

學校外頭早就擠滿了轉播車，天上也不時有伸著八隻鐵爪的攝影機飛過，還差點撞上警察的直升機。校警拚了命地希望記者不要進學校，但這完全沒有意義——兩頭在教學大樓外對峙的怪獸，比起圍牆還高了幾十倍。

無數條觸手眼睛率先出手勒住魯魯媽媽，但魯魯媽媽仗著身軀龐大，不但沒要掙脫，反而硬撞向眾多眼睛的基幹，把那巨木整根放倒。但觸手眼睛死勒著魯魯媽媽，硬把她一起向下拖。即便兩位媽媽都已倒地纏成一團，在牆外看來仍如兩座搖晃崩塌的小山。就在難分難解之時，忽然一枚接一枚銀亮亮的東西從空中拖著白煙飛來，接著一陣強光與震動讓人什麼都看不見；等到所有人回過神來，兩頭巨獸已氣力放盡，各自倒在校園的一角。

魯魯媽媽勉強起身，抬高翅膀伸向教室。窗邊的魯魯張開翅膀，晃了兩下，對媽媽搖搖頭，媽媽只好奮力再把翅膀向前一些，直到魯魯可以直接踏著走下來。魯魯轉頭一看，那女生也被一根眼睛觸手緊緊地抓離教室，留下老師和其他奇形怪狀的同學在破損的窗邊看著。

「以後對這種小妖怪根本不必客氣。」魯魯媽媽的叮嚀伴隨著地鳴般的足音，從魯魯腳底下傳來。站在媽媽的頭頂上，魯魯用力點點頭，小小的觸鬚神氣地隨風揮舞著。

DATA FILE.

003

大腳獵人

TYPE : Obsession

FORM : Sasquatch

艾格聽見樹葉撥開的細響。他知道牠正用最慢的速度跟了上來，一步步走進射程。千萬不能急，他心想，時間還很夠，已經等了那麼久，不差這一下下。

但也實在等太久了，他忍不住感嘆。這已經是第十個秋天，錯過這一回，冬天又要到來，他已不確定自己能否撐到下一個春天。每年冬天他都得在人群中忍受輕蔑與嘲笑，只為了在春天來臨前賺足森林裡所需的一切。他會先在森林外圍待上一整個春天，讓皮套吸飽花草的芳香、泥土的溫熱和屍體的惡臭，然後才套上它，走進森林深處。

艾格最寶貴的大腳皮套，是用目擊證人的描述、八卦小報的照片、《瀛寰搜奇》的插圖，和他自己朦朧的印象做成的。他來這裡的第五年才有了作皮套的念頭，在那之前，他傻傻帶著相機在森林裡亂轉，以為可以像拍普通動物那樣捕捉到大腳的身影。然而他什麼也沒拍到，就這樣白白浪費了五年，直到身上什麼都不剩，才發覺自己還是離人類太近，而離大腳太遠。

又過了五年，他終於得以接近大腳——只是此刻離大腳實在太近了，彷彿牠撥開樹葉的輕微波動，都在他臉上顫著。臉還隔著皮套的脖子呢，艾格笑著自己，大概真的戴太久，神經都長到皮套上了，眼睛也是——透過皮套喉嚨上一對窺孔看到的景色，彷彿也取代了他原生的視野，讓他看到那片樹叢被撥開，看到大腳一對無神的雙眼，隨著巨大的頭顱探了出來。

艾格從來沒有那麼近地看著真正的大腳。

從五年前他第一次穿上皮套，舉步維艱地進入森林後，他便開始遠遠地看見大腳。然而當他脫下皮套，將照片呈現給大眾時，那模糊的黑影，只換來更多的嘲弄與攻擊。

於是艾格把相機換成獵槍。為了讓大腳進入射程，他花了更多功夫，將自己假扮成另一隻大腳。用自然氣息遮蓋皮套膠味只是基本功，他還製造了各種生痕，從腳印、抓痕到奇臭無比的糞便，好讓真正的大腳相信有另一個同類存在。也許根本不用刻意增添異味，他悶在皮套裡一天比一天臭，卻也越來越有大腳的味道——他如今擅於追蹤大腳，從對方遺留的毛髮糞便，得知自己的味道確實越來越相似。他也學起大腳的動作，學牠敗露行蹤時逃跑，學牠低著身在樹叢間緩緩伏進，然後撲向小動物。

然而，艾格沒想過大腳會這樣大剌剌地探出頭來。牠立在原地，雙眼呆滯地對著他。艾格確信大腳還沒看見他，只要扣下扳機，這十年就值得了，可是他的手指卻像槍口那頭的眼睛一樣，動也不動。不差這一下下，艾格想，只要牠眼睛動一下，我就扣扳機，別再這樣看了啊你！

然而大腳鐵了心定著。還是其實我扣不下扳機呢，艾格心想。一扣下去，十年就結束了。一股寒意透了上來，難道是害怕了？不，那是冬天來臨的預兆。空氣裡有了變化，警告他沒有時間了，於是他勾住扳機，同時卻看見準星那頭一對熟悉的眼神也看著他，不在他瞄準的無神雙眼間，而是在那下頭牠頸部中間，不知為何有兩個小小的孔——

獵槍的爆響從遠方傳來，艾格只覺身體受了一記重擊，不自主地仆倒在地。他聽見那隻大腳跑過樹葉的碎聲在他腳前停住，近到足以聞出這野獸帶了點塑膠味，稀微，但足以蓋過牠偽裝的臭，和彼此身上都有的火藥味。就是這些氣味，讓艾格想起當初為何在這森林待下，一待就十年——最初他只是個普通的登山客，走不出這片無名森林，那時大腳忽然出現在他面前。驚嚇過度的他空白地立在原地，但大腳卻拚命揮著手，像在叫艾格走開，然後轉身就跑。艾格終於想起，當時大腳的背上就背了把獵槍，只是那畫面實在太可笑，可笑到他這輩子都不想再記住。

DATA FILE.

004

蝦

TYPE : Eusociality

FORM : Neocaridina denticulate

四月十八日

爸爸從水族館買了一袋蝦回來。他說魚吃了蝦，顏色會變鮮豔。

其實我比較不在乎顏色。我只是喜歡看魚吃蝦的樣子。

平常餵魚飼料真的很無聊。看魚追蝦子跑，翻出大嘴一口把蝦吸進去真的很好玩。

蝦子一放到水裡就躲到魚缸底，看到石頭縫、裝飾品的角落，能躲就躲。

大部分都鑽到那個小龍宮裡了，從這邊也看不到。

魚還不餓，不會一下就去追蝦。

有機會再看看。

四月二十日

今天看到魚吃蝦子了，一口就一隻。通常都是那些忽然跑到蝦群外的。

不過還是有很多蝦子，龍宮附近那隻看起來好像不太一樣。是不是不小心抓錯的？

四月二十一日

魚有點怪怪的。一直在水面附近衝來衝去，就是不往下游，平常只有我們靠太近牠們才會這樣啊，要不然都悠哉悠哉地在那邊慢慢游。

蝦子少了一些，大部分都躲在石頭下。龍宮裡的看不清楚。

四月二十三日

那隻小的金菠蘿死了。爸爸說，偶爾死一條魚很正常。快死的時候看起來就像生病，白白的，魚鰭破破爛爛的。死了之後好像還被別的魚咬了好幾口。肉缺了一大塊。眼睛都沒了。

蝦子我沒注意，應該有少一些。

四月二十四日

一條金菠蘿晚上跳到魚缸外面，在桌上啪搭啪搭響。幸好我把牠撿回去，要不然就死定了。

四月二十六日

那條跳出去的金菠蘿還是死了。奇怪了，怎麼整條魚只剩下骨頭和一點肉粘著？

我跟爸爸講，他說那沒什麼好奇怪的，養魚那麼多年，以前也有整缸魚用錯藥，只能眼睜睜看牠們躺平在魚缸底，嘴巴還一動一動，然後一條條浮起來死掉。也有條小老鼠魚因為吸水管頭鬆了，頭直接被入水口吸住，頭皮就在一瞬間被吸進馬達。半透明的管子裡，還看得到紅紅一小塊咻一聲像雲霄飛車一樣飛上去了。他還說，魚嘛，怎麼死的都有可能。

四月二十七日

晚上我怕又有魚跳出來，睡前去看一下魚缸。

一開燈，又一條魚死了。沉到缸底。我看到蝦子全都跑出來，圍在屍骸旁邊大快朵頤。有些蝦子還咬著碎肉，一路溜進龍宮。

五月一日

最近金菠蘿連死了三條，爸爸說要再買新的魚來養。

其實我有點不想再養了。天天都看到原本好好的魚，忽然就變成水裡的屍體。撈起來的時候帶著腥臭味、水霉味，還濕濕黏黏的。

乾脆養蝦子算了，反正現在底下的蝦子好像變多了，還到處游來游去。

五月三日

我經過魚缸都不想看，反正裡面的魚只會越來越少，看了就很不舒服。可是今天聽到濺水聲，還是忍不住轉過頭去。

我大叫出來。

幾十隻蝦子圍著最大隻的金菠蘿，金菠蘿不管怎麼逃，都有一群蝦子用頭上的小刺往牠身上戳，還有更多蝦子一直游過去。其中一隻蝦子刺進金菠蘿的眼睛，金菠蘿只能一邊扭動，一邊歪歪倒倒地沉入缸底。缸底所有的蝦子像螞蟻一樣撲上去，把金菠蘿團團圍住，但沒有一隻直接吃起魚肉，也沒有哪兩隻打起來，牠們一起切下肉片，咬著肉，整整齊齊地一路游向小龍宮，然後又空著嘴出來，一路回到還在抽搐的金菠蘿旁。

知道那些金菠蘿居然是這樣被活活吃光，我一個晚上都睡不著。

五月四日

我跟爸爸講了這件事。他不相信，他每次都這樣，別人講什麼他都說別人看錯了。

只有他自己才算數。可是晚上他又要應酬啊。

蝦子一到白天看起來根本沒怎樣，只是越來越多了。

那隻看起來不太一樣的蝦子，長大得特別快，肚子鼓鼓的，旁邊總有十幾隻小蝦圍著一起游……

五月五日

魚缸裡的魚全都死光了。

但爸爸還是說，那是沒放對藥，所以魚才會都死掉。只是因為各自的生命力和品種不同，所以才會一天一天死掉。

可是我真的有看見最後一條琵琶鼠怎麼死的。

蝦群硬把牠從玻璃缸邊扯下來，然後活生生拆開；那隻肚子大大的蝦生了好多小小的卵，一出來就被旁邊的小蝦搬走了。

五月七日

爸爸說要先把魚缸洗一洗再買新的魚。

結果他手一伸進魚缸就出事了。

成群的小蝦朝著爸爸的手臂猛刺，爸爸只能一邊甩著手臂一邊大叫，要我來幫忙。

我們兩個人三隻手想把滑溜溜的蝦子一隻隻拔開已經很難了，

爸爸還罵我拔得不夠快，

我好怕那些還跳來跳去的小蝦刺到我的手，

偏偏爸爸又扭來扭去，髒水甩得我們全身都是……

爸爸去醫院了。我看見整缸水變得有點紅，蝦子逐漸散開。

五月十日

爸爸的傷口很快就好了，只是全身起紅疹。

我老早就跟爸爸說蝦子怪怪的，他就是不聽。
我覺得他活該，只是我不敢講。我才不敢講呢。
後來我們穿著冬天的衣服，戴了好幾層手套，用撈網把蝦子全部撈出來。
現在所有的蝦子，全部都裝在我眼前這個裝滿水的透明塑膠袋裡。
看起來好像一個蜜蜂窩，外面刺最尖的蝦群，不停圍著中間的幼蝦和女王打轉。
爸爸叫我找一個空地，把牠們倒出來乾死，可是我才不要。
我要把蝦子偷偷送回水族館。
我知道蝦子都住在水族館最裡面，
那裡的魚缸太大了，人走在旁邊不小心還會掉下去。
裡面的蝦子不知道有多少隻？有幾百隻，有幾千隻，還是有幾萬隻呢？

DATA FILE.

005

熱線炮啟動的那天

TYPE : Aberration

FORM : Pheropsophus verticalis

被他找來這荒涼海岸已經三個鐘頭，他還在那邊欲言又止，好像有什麼東西塞滿喉嚨，快出口又硬生生吞回去。

「天都快黑啦，」我說。「溜出來已經夠危險了，晚上待在這不是等死嗎？」

他看了看天色和岸邊的警戒線。「嗯，天真的快黑了。好吧。我其實……」他又用力吞了一下，「……你千萬不能說出去！」

我不耐煩地點點頭。「你再不講，我就沒命跟別人說了。」

「那你……看著！」

他起身轉向海那一側，用力吸足了氣，當我以為他要把秘密對著海大聲喊出來時，藍色的熱線從他口中噴出，在我眼前留下一道殘影後直直擊中海浪，爆起的水柱被晚霞染成一片金黃。

就跟怪獸攻擊的時候一樣。

「靠！你……」我忍不住罵出口，卻看見他嘴邊冒著餘火，把雙眼照得泛紅。

「你……是從什麼時候……」

「比怪獸出現還早，」他嘆了口氣把餘火吹散。「小時候被幾個同學逼到牆角，那時突然就會了這招，把他們嚇死了。還好當時沒有威力，可是還是被傳來傳去。幸好大人都沒當真，我也裝作沒這回事一直到現在。只是沒想到後來那些怪獸居然也是這樣……」

「怪獸……那真的很麻煩啊。」我儘量避免刺激他，「現在怪獸一直這樣攻過來，我們也只能越躲越深了。聽說裝甲巨神也是節節敗退……」

但他早就陷入自己的思緒。「我覺得好不公平。我的能力是別人都沒有的，那我應該要過得很好啊。我常常覺得，自己變成現在這樣都是它害的，我不敢交朋友，不敢跟大家走太近，結果現在除了這個，別的什麼都做不好。都已經這樣了，它應該也要給我帶來一點好事吧？」

我不知道怎麼回答，心裡只想著趕快閃人，天色越來越暗了。

「但至少……呃……我有把你當朋友啊。」我勉強接話。

「看到這樣也還是嗎？」他轉頭問我。

「是啊，而且……我覺得你很厲害。真的。」不然呢？現在每一句話，都只是怕自己被熱線燒到而已。

「有什麼厲害的，在這邊能幹麼？」他又嘆了口氣。「其實我想過……也許我應該待在另一邊才對。」

另一邊嗎？從那邊來的怪獸壓垮學校、用熱線燒毀住家，我們天天躲在地底下，什麼事也不需要做，所以我甚至有點喜歡牠們，只是這念頭打死我也不敢跟別人講。

「搞不好……另一邊真的不壞。」我說。

「可是我要怎麼……」他話還沒說完，忽然眼前的海面隆起，化為整面懸崖朝我們傾斜過來。等我溼漉漉地想到是怪獸時，牠的頭顱已從十幾層樓的高處垂到我面前，玻璃穹頂般的四顆眼睛，映著整片海岸及我們倆。

「你快逃。」我聽到他小聲說。但我已動彈不得，只能看著怪獸眼裡的彩霞逐漸亮起清晨般的藍色天光。

那是他灼熱的熱線猛力擊在怪獸額頭上。但牠仍立在那，像被水槍打中的石像般紋風不動。忽然呼嘯聲穿過頭頂，怪獸全身上下爆出火花，是空中反擊部隊來了，但牠絲毫沒有殺意，只甩過山脈般的長尾，掉頭往海中離去。

直升機降落在我們兩側，荷槍的軍人把渾身濕透的我們分頭拉走。我記得他最後對我說：「我聽見了。牠說我太弱了，離牠們還太遠。」那時他臉上滿是水珠，眼神一片死灰。

那之後我再也沒見到他。人類與怪獸的戰爭仍持續著，軍方也推出了全新的裝甲巨神；在展示影片中，它張開護甲露出胸前的透鏡，一道光柱瞬時竄出，一掃便燒出面前一片扇形的火場。顏色是我熟悉的藍色，但整部影片完全沒提到他，也絕口不提這技術從何而來，只說這武器在世上獨一無二，僅為我國所開發擁有。

新的裝甲巨神靠著這新武器打了幾場勝仗，據說威力還與日俱增，軍方一度宣稱其威力已經和最強的怪獸熱線不相上下。但在轉守為攻的日子來臨前，某次迎擊四眼巨獸的海上作戰中，不知怎麼地，那怪獸居然冒著重傷，硬生生把熱線炮給扯下來，失去熱線的機體隨即被大卸八塊。我只能祈求我唯一的朋友並不是那熱線炮，並帶點羨慕地想像，或許怪獸終於認可了他，帶領他前往他應該要在的那一方。

DATA FILE.

006

南方蜃樓水族館

TYPE : Puppy Love

FORM : Arapaima gigas

我好像是在海浪掀過去的那一刻，對他才有那種「對了」的感覺。

那時我們一看到海就歡呼著衝過去，等到渾身濕透，眼前一片模糊，才發覺眼鏡早就不知沖到哪了。正好，就讓他帶著我走吧，誰也沒問，像兩個人早就約好了那樣。其實從第一次見面，我就隱約知道那樣的約定悄悄存在著。後來想藏也藏不住，也就算了。現在應該沒有誰還不知道吧，大家都那樣有意無意地邊笑邊聊邊走遠，然後我和他，就很自然地在這城市落單了。

我從沒見過如此明亮的海邊城市，也許是因為散光吧？頭頂一片蔚藍和純白，大樓閃閃發光，唯一清楚的只有他。有散光的人都知道，這毛病讓你得瞇著眼，才能看清楚身邊的一點畫面。要看清楚他，我就得貼著他看，但他如果真的轉過頭來，那我們的臉似乎又太近了一些。他不是那種人家會說帥的男生，但當他擋住刺眼的陽光時，我確確實實可以從陰影處找到他特別好看的部分。

從我們剛認識的時候就是這樣了。他喜歡幻想一些奇妙的場景，我也是，儘管他想著的都是科幻，而我只是做著一些傻傻的白日夢。他喜歡多彩多姿的生物世界，我也喜歡，儘管念三類的他真的想研究生物，而我只是覺得動物很漂亮。他說他想去這城裡的水族館，我當然也點了點頭，只是……水族館裡早就裝了太多遊客，從那些魚的眼睛看去，我們才是玻璃外的一大群同類在推擠、游動著。我們排著隊，一面接著一面，貼著玻璃在珊瑚間尋找那些五顏六色的蝶魚、剝皮魚、小丑魚、獅子魚，還有那些一嚇就縮進砂裡的小小海鰻。我因為搞不清自己到底在望著什麼，開始感到些許不耐，剛被曬乾還有點鹹鹹的皮膚，輕輕地擦在他身上。

這時他忽然說想去別的地方，我也覺得這樣比較好。他說他記得有另一個水族館，是他小時候來過的，裡面只有淡水魚。本來我不相信，但走出水族館沒幾步，眼前還真的出現一棟建築，門上的匾額我瞇著眼看，還真題著「淡水館」三個字，從右寫到左。從那建築物的模糊形狀和鮮豔顏色，我覺得應該是那種假的中國北方建築，不知為何突兀地座落在榕樹椰子樹間，曬著回歸線以南的大太陽，讓水泥做的龍紋浮雕爬滿裂痕。他一看到這水族館，就鬆開了我的手，頭也不回地往台階上跑去。我納悶，這地方真的還有人嗎？但當我跟著他靠近售票口，我還真的看到了，中間那個漆黑的小洞伸出了一隻手壓住他放下的兩枚銅板，在水泥台子上磨出聲音縮了回去。

他轉身拉住我的手，我半信半疑隨他進去。進門正面就是一個半圓形的入口，裡面黑漆漆地什麼都看不見，我不禁往側邊一躲。我們走上入口旁螺旋形的鐵梯，二樓也是半圓形入口，因為有天窗，這裡稍微明亮一些，勉強能看出是什麼樣子；我心想著，也許真的能看到他小時候看過的景象。我瞇著眼一直看，腳下是磨石子地板，牆壁下半的米色磁磚砌到腰那麼高，上半則漆成白色，嵌著一個又一個大水族箱。我貼著玻璃，看見綠油油的水裡，那些魚像標本一樣停著，破破爛爛的鰭隨著水泡飄動，只有嘴巴緩慢地一吞一吐。一陣噁心感浮上來，我忍不住退開——難道他小時候看過的魚，到現在都還在這裡頭嗎？

也許當初不該進來這水族館的。我在二樓中央等著他繞完每一個水族箱才一起下樓，又經過那漆黑的半圓形入口，而他還那麼自然地要進去。我沒辦法了，我對他說，我想在外面等。但他可憐兮兮地求我，說他小時候最難忘的就在這裡頭了，陪他看完這裡就好。也許他的臉真的貼太近了，我好像真的看到那個小小而急切的他在求我，我心軟地點點頭，隨他走了進去。

那是個大房間，只有一絲微弱的白光照出空蕩蕩的正方形輪廓，四處響著馬達和日光燈的滋滋聲，讓我想起動物園的夜行動物館。左右兩邊的牆也像夜行館一樣是整面的大玻璃，底下好像是水，裡面有什麼在動著……他興奮地拉住我的手，要我靠近點看，說這跟他小時候一模一樣都沒變，我只好忍住所有的不安，朝著他要我看的方向貼了上去。

混濁的水裡，緩緩靠過來的是一張醜到不能再醜的臉。我知道那是魚，小時候在圖鑑裡看過，但和我眼前所見相比，那些圖片都太溫和、太虛假了。牠的眼睛是兩個巨大的粗糙凸起，一點光澤都沒有。牠的嘴巴有鱷魚那麼大，沒有起伏，就只是個扁平的半圓。當牠那張臉在我面前甩開，牠凹陷的頭頂、刀身一樣的背脊，還有那結痂一樣的鱗片，貼滿樹幹一樣粗大的黑綠色身軀便依次滑過。牠就像活的腐木逐漸上浮，冒出水面張開血盆大口，「潑喳」一聲激起水花，又沒入混濁中。在那裡頭好像不只有牠，還有牠們，成群地漂浮著。

而他好像忘了我的存在；慘白的微光正適合看清他的臉，那是真正見到了想見之物的神情。我自然地把眼睛睜開，回到我模糊的視線裡，不再想把什麼看清楚。

等他想起我，一切都已經太遲了。當我被他壓在水族館的外牆上，臉貼著臉，視線已能直直看著他即將閉上的雙眼時，那一對漆黑裡只剩兩條怪魚的殘影攪著深綠的水波。於是我推開他，一個人在模糊的視線中尋找失散的其他同伴。

回去之後我重配了眼鏡。視線恢復清晰後，我不只沒再見過他，就連那城市明亮美好的記憶，也隨著水族館的確切位置一併消失了。

DATA FILE.

007

白天的怪物晚上的怪物

TYPE : Metamorphosis

FORM : Insomniacs

我又在半夜醒來了。

小時候爸媽都會說，晚上好好睡覺，睡不著也不要爬起來亂看，不然會被怪物抓走。本來我也不相信，但有一晚醒來，真的聽見屋裡都是吼叫和摔東西的聲音，嚇得我整晚不敢動。第二天早上，家裡一片狼藉，東西到處砸得稀巴爛。媽媽倒在一旁抽搐著，爸爸失神地喃喃自語，說是怪物半夜進來弄的。從此不管天搖地動鬼哭神號還是大小便意難耐，不到天亮我絕對不起身，一晃眼十幾年過去了，反倒越睡越好。

只是今晚我不僅醒了，還聽見外面傳出聲音。我現在一個人住，爸媽都很久沒聯絡了，小時候的恐懼感一時將我釘在床上。我壓著呼吸仔細地聽，好像只是隔壁院子有東西摔下來。會不會是小偷呢？一想到這就顧不得那麼多，我起身跑進院子，小心爬上圍牆一看，久違的恐懼瞬間竄上心頭，我兩手一軟，差點抓不住牆邊摔下來。

院子有一團膨脹肥大的東西在動。牠聳著肩膀，嘴裡噴著氣，甩著頭四處張望，好像還看了我一眼。我趕快跳下牆奪門而出，卻看見街上到處都是那樣的怪物；它們搥著牆、撕扯著行道樹、踹著路邊的休旅車，甚至一把抓起竄逃的小狗，眼看就要把牠撕成兩半……

還好只是夢。我醒來依舊在床上。走出大門，隔壁鄰居一如往常地打招呼，邊掃起地上的碎瓦，做早操的阿伯和早餐店老闆娘也還在那頭抬槓，只是今天他們倆都望著一面被打坍的老磚牆、一整排被撕裂的公園大樹，還有一隻斷成兩截、腸子都掉出來的流浪狗。

「實在是噁心到極點！你看到了沒有？這種人一定要抓出來判死刑！你們這些警察都沒有在做事，只會抓那些超速……」老闆娘先對著阿伯連番大罵，又對警察歇斯底里地抱怨。

「我們會儘快處理……」警察敷衍地回答。

我要不要跟警察講昨天我有看到……可是那只是夢吧？

「有事嗎？你昨晚有沒有醒著？」警察銳利的眼神忽然擋在我面前。

「沒……沒有。」我連忙退開，轉身就走。

好久沒有睡得這麼差了，以前聽說人如果整晚一直作夢就會像沒睡一樣，這下真的體驗到了。但上班打瞌睡就等著被警告，我只能邊打呵欠邊想些無關工作的事，比如說昨晚到今早的怪事。走來公司這一路上，人們都在談論，本來整齊美觀的街道被破壞了有多可惜又多痛心，可是我左聽右聽，就沒有一個人看到是誰做的。其實也不意外，現在已經很少聽說有誰過了午夜還醒著，大概是工作和加班都越來越多的關係吧。還是說，每個人小時候都像我一樣，看過怪物在家裡肆虐的慘況，所以晚上就算醒了也不敢起來亂看？

一回家我碰到床就睡著了，半夜又忽然驚醒。我不管三七二十一，開了燈正要去喝水，卻發現家裡一片狼藉——就像我小時候看到的那樣，家具全都砸得稀巴爛。是那隻怪物又回來了。要帶刀子還是球棒？我冷靜下來想了想，便轉身回房拿出相機，衝出家門。

街上到處都是怪物，我小心翼翼地從遠處透過鏡頭看著牠們。不知道是哪來的膽量，我還繞到前頭，想把牠們的每一張臉都拍清楚。對焦後仔細看，怪物雖然鼓脹，但體形還是有大有小，五官略有分別，同樣的是牠們都像在發洩一樣亂摔亂砸，好像所有東西跟牠們有仇一樣。我好像看到警察——對啊，警察晚上總不會睡著吧？但我卻在觀景窗裡看到不可思議的畫面：一群荷槍實彈的警察，遠遠地站成一排，在怪物肆虐的範圍外，動也不動地監視著。

隨著天色漸白，怪物的行動也慢了下來。牠們逐漸停手，像下班的隊伍一樣往各個方向退去。我跟著那無力的隊伍往家那頭走，眼前肥大的身軀一個個洩了氣而萎縮，直到牠們變回原本的模樣——我的鄰居、早餐店老闆娘、做操的阿伯。他們夢遊似地打開大門，沈默地走進各自屋裡。而我已無力思考這是怎麼一回事，只能往床上一倒，又沒了知覺。

這次應該是夢了——有一整群怪物要抓我，雖然我的體型力量都佔優勢，可是不管踢開幾隻，還是有無數隻接著撲上來，直到我徹徹底底被壓在地上；帶頭的一隻高舉前爪，用力往我腦門一敲，我就驚醒了。

但我不在我的床上。我躺在地上，眼前是一片四方形的漆黑，起身一看，四面是整排的鐵欄；我正要站起來，四肢卻被接著鐵鍊的手銬腳鐐用力扯住，瞬間全身的每一條肌肉都劇痛起來。

「喂！有沒有人在啊！」我大喊。

鐵欄外的門一開，幾個穿著白袍的人在大批警察伴隨下快步走來。

「你們搞什麼鬼？你們抓個人幹麼！怪物去哪了？」穿白袍帶頭的那人問。

「那就是怪物啊。」一個警察輕蔑地回答。

怪物？

「你們弄錯了，我不是怪物！我是親眼看到怪物的人！」

「放屁！十幾個弟兄被你打到送醫院，看我們等下怎麼修理你！」警察大吼。

我愣住了。我只能呆呆地聽他們在籠子外面討論我……

「這隻真的有病，居然早上跑出來鬧，幸好我們全體合力幫您抓住了。」另一個看起來比較高階的警官，得意地對帶頭的白袍人說。

「因為只有一隻你們才敢抓吧。」那人冷冷地回應。

「呃……」警官皺了皺眉頭，又笑著說：「長官您別這麼說嘛，現在民眾對我們誤會比較多，缺少大家的支持還是比較難做事啦，還請您多多幫忙囉。這隻白天會跑出來，我們想說比較特別，正好符合你們的需要。」

「從發現牠到現在有拍照嗎？」白袍人問。

「有的有的！從昨晚就開始拍照存證了，現在都在這裡。」

警官舉起的相機讓我回過神來。「那是我的……」

「給我閉嘴！」隨著這四個字，我身上響起一連串霹啪聲，我感覺全身一麻，四周一邊旋轉翻落，一邊暗了下來。

我是不是又要睡著了？下次我醒來該怎麼辦？模糊中我聽見有人笑著說，「馬的，裝什麼死，等下牠就變回原樣了……長官您等著看看。」我終於知道為什麼大人會說，就算晚上睡不著，也千萬不要爬起來亂看了。

DATA FILE.

008

白色迷宮

TYPE : Labyrinth
FORM : Heterocera

「下雪了！」窗邊有人喊著。靠近酒吧門口的人半信半疑地推開門，隨即衝回門內放聲大喊，「真的！外面下大雪了！」

酒吧裡的人懷疑地向外推擠彼此，直到門口傳來越來越多的歡呼，吧檯邊擠不出去的人們也「聖誕快樂」、「Happy New Year」地胡亂喊著，酒杯和泡沫滿天碰撞飛舞。舞池裡的人也在一波波低頻震動中被歡呼聲所催眠，看見天花板降下一片片鱗粉般的五彩雪花，便高聲附和著天啊下暴風雪了這真是太棒太美了，並逐漸失去知覺。

幾個鐘頭後，第一個醒來的人看見窗外透著清晨的光芒，勉強起身搖晃著推開門，走了幾步才發覺昨晚那根本不是雪。從腳下的柏油路到頂上的大樓，全被一層又一層的白紗交錯覆蓋，太陽已近天頂，卻只剩朦朧白光。接著走出的人們摸了摸牆上的白紗卻黏上了手，拚了命扯開才發現，昨晚還一同狂歡的人裹在裡頭早斷了氣，這時他們才真正清醒，乾啞地哭叫出來。

熟悉的街道如今變成另一個潔白寂靜的世界。人們帶著殘留的耳鳴，三兩成群找著回家的路，但已難辨認的街道，已處處被白紗圍起新的路障。他們有時加快腳步，想早點找到白色世界的邊緣；有時又忍不住停步，覺得退回酒吧或許安全一些。他們就這樣慢慢分散在迷宮裡，又因恐懼逐漸聚集，於是那些還活著能走的人，便自然形成了幾支同行的隊伍。

第一支隊伍越走越覺得四周變亮了，心中浮現接近出口的希望。他們撕開黏在櫥窗上的白紗，用磚頭砸爛露出的玻璃，再用玻璃碎片和磚頭打出五金行的入口，帶著更銳利的切割工具離開。一開始他們還迂迴走著勉強可行的小巷，等到手上的工具一路換成了電鋸，他們邁向出口的路，就只是朝著最明亮處的那條直線了。

另一支隊伍其實算不上一隊，他們只是陸陸續續折返的人加上從沒離開的人而已。有些人相信救援已在路上，留在原地最保險；有些伺機而動，暫時只想等別人帶回更多情報；也有些人就是被這慘白的世界嚇壞了，鐵了心不肯離開酒吧一步。他們聚集在原點，打算靠剩下的物資活下去。

倒還有一小群人，走著走著覺得四周白紗越來越濃密以至一片昏暗，能走的路也越來越窄；他們本來也想退回去，卻聽見某種奇怪的律動聲從深處傳來。也許是好奇心壓過恐懼，或者覺得走到這想回頭也難了，他們索性繼續深入更幽暗的地帶。

當律動聲有如貼在耳前，他們便看到了迷宮的創造者。一隻垂死的巨蛾，軟綿綿地掛在大樓上，觸角歪歪地朝著半空，萎縮的翅膀垂在他們面前，流著黏糊的體液。原本該作繭自縛的牠，不知為何沒能讓絲線纏在周圍，反而在一夜間放任白紗蓋滿城市，使牠難以羽化；那奇怪的律動聲，原來是牠僅剩的一點脈動。

此時，一路劈砍前進的第一支隊伍，眼看就要撥開迷宮的最外層，但面前的無數層絲網卻變得更細微，砍不完又不停再生，光亮明明已在眼前，差一點就可以逃出去了，為何再也沒辦法向前走？情急之下，他們決定用燒的。剝下沾黏的油槍，他們灌滿一桶桶汽油朝最明亮處播灑，後退幾步把火苗用力向前一丟。沒想到白紗竟像沾滿油的布料一樣延燒開來，他們的出口、他們斬開的那條直線，他們所有還能後退折返的希望，全化為一片火海。等到高溫濃煙傳到酒吧附近，選擇不走的人想跑也太遲了——火不在乎迷宮有多錯綜複雜，就只是直直向前燒，瞬間就吞沒了酒吧。

但野獸的感官畢竟比人強太多，巨蛾下的人們還沒察覺什麼異狀，就先看到樓頂那一對觸角豎了起來，體液彷彿逆流進蛾身，萎縮的翅膀膨滿起來，浮現七彩鱗斑。巨蛾艱難地扭動著身體，似乎想要往上離去，人們連忙順著翅膀爬上巨蛾，忍住噁心，緊緊抓住突起的剛毛。巨蛾無視人們的攀附，伸出橋梁一樣粗壯的節肢，邊剝落外牆邊向上爬。當牠抵達樓頂，便奮力張開翅膀，向下一撲。

在狂風中，蟲體上倖存的人們看見底下城市燃燒的熊熊火焰，隨著巨蛾翅膀的拍動，像海浪一樣起伏。巨蛾的飛行軌跡紊亂，在十幾層樓的高低間晃盪，人們沒被摔下去只因黏在巨蛾上動彈不得。巨蛾汩汩流出的體液恰巧救了這一小群人，但誰都不敢去想，羽化不全的牠還能飛多遠，也不知盡力逃生的牠最後會飛離火海，還是化作一道向火光撲去的螺旋。

DATA FILE.

009

水怪接觸者

TYPE : Amorphous

FORM : Unclassified

」

「有聽說嗎？最近又有人在華光湖看到水怪了。就在上次他們炸湖底之後。」

「是喔？」雖然頂著《瀛寰搜奇》雜誌資深記者頭銜，明哲卻連頭都沒抬一下。「那不錯啊。」

「搞不好總編會想做大。」同事補充。

「做大就做大囉。」他心想，反正做大就是上網拉文章，加一些小編覺得好神祕好恐怖，然後跟那幾個上節目瞎掰的老頭多問幾句廢話，這樣而已。況且，是能有多大？過了這些年，這種事能大到哪裡去，就跟自己還有多少能耐一樣，他是再清楚不過了。要做大，就差不多大那一點就好，別給自己找麻煩……但分機響起，總編找他。

「我覺得這是一個很好的突破機會。我們總是把自己局限在那種網路奇聞裡面，但像這次，我們既然身為這方面最專業的雜誌，更應該主動出擊，來一篇大的，漂亮一點。」

看著滔滔不絕的總編，明哲心中只覺得厭煩。「是。」他本能地回答。

「所以這次不要只靠網路了，要走進現場。」

「什麼？」他愣了一下。

「採訪啊！你不是說過沒什麼採訪機會，沒辦法讓內容有突破？」

明哲想不起他什麼時候說過這句話，是面試那時候嗎？還是剛來那陣子在同事面前誇口的，還是之前想走的時候跟誰抱怨的？

「可是總編，我覺得這並不值得……」

「有些事不要只想著當下值不值得，要看得更遠。」總編的眼神移向某個辦公室外的地方。「我們不要老是把價值限制在……」忽然鈴聲一響，他邊拿起手機邊說：「那就先這樣，好嗎？好吧。」並揮了揮手。

明哲一肚火地走出辦公室，不太確定自己在氣哪塊。這種事偶爾就讓他萌生離職念頭，畢竟這種地方就算說什麼資深，也不過就是多上了幾年的網。但畢竟這好像還算接近自己想要的，別的地方大概只會更糟，每次這樣一想，就又留了下來，一年又過去了。現在叫我又查資料又採訪，誰有工夫這樣搞啊。他心想，也許就等這個弄完，看要不要真的離職算了。一想到這，他反而覺得這趟採訪或許還對自己有點意義。

二

要到華光湖，從市區得搭好幾個鐘頭的車。他在車上看了幾則新聞，其實什麼也沒講。那些關於水怪的傳聞，還不都是從那幾個論壇抄的，圖片下邊打的網址一蓋再蓋，越裁越小，畫質越來越差，就跟他抄的東西一樣。他心想，到湖邊隨便找個店家還是誰問一問，然後晃兩下再回去吧，趁著出門散散心整理一下，順便想想自己接下來該怎麼辦。

直到華光湖的輪廓進入眼中，他才想起很小的時候好像來過這裡，山的形狀有點眼熟，但山坡上如今都是假冒歐洲城堡的民宿，另一頭還有纜車跨過山脊直通湖邊，而這次的事件地點，就在車站不遠處的水下工程。

一下車，明哲就被拉客的團團包圍，即便一再揮開，還是有幾個不死心的人繞著他轉。他走向湖邊再沿著馬路走，看到一間像被諸多大觀光酒店擠到角落的小旅舍，便走了進去。

「有人在嗎？」他喊。

一個中年婦女慢慢從櫃檯後的門內走出，漫不經心的眼神令明哲愣了一下。

「什麼事？」她問。

「我要住房。」

老闆娘不解地看著他。「……喔。住多久？」

「一個晚上就好。」

他好像看到老闆娘皺了皺眉頭。

「一晚喔？好。」她取下牆上的鑰匙，「在樓上。」然後又走回門內。

明哲納悶著老闆娘的態度，但他也不想多計較。房間好像很久沒人進來過，乾淨但有股塵味。他一環視房內家具，瞬間就好像想起什麼，但就那一下下，不夠他再想下去。窗外，工程從未因水怪謠言而有一絲減緩，隱約還是可以聽見敲打鑽洞聲。他記得新聞有說，等水下設施完工，集團的「山水一日遊」套餐不知道會吸引多少遊客和商機來到這邊。搞不好會有人想主打水怪？也許自己可以搭上這順風車也說不定，他忍不住稍稍期待起來。

開門聲打斷了他，讓他回到當初來這的目的。老闆娘自顧自進來把水瓶放在深綠斑紋的大理石桌面上。

「謝謝。」雖然心裡不悅，但他本能地回應。

老闆娘沒看他一眼就走出房門。這時他才生疏地從腦中擠起一些天氣好不好、賺多少錢之類的問題，但眼看老闆娘快要下樓，他還來不及想就問出口：「老闆娘，你知道水怪嗎？」

「水怪？」老闆娘回了個頭，「不知道。」說完便轉身擠下狹小的木板樓梯。

三

下樓時明哲沒看見老闆娘。他把鑰匙收進背包裡，走出大門。

一沒了行李，那些拉客的就沒反應了，明哲輕鬆走過車站，靠近湖邊。有幾個工人坐在路旁吃便當，他向他們表明來意，儘管除了節目上那幾個老頭之外，他從來沒有真的採訪過誰，但工人好像也分不出來。

「記者喔？哪個電視的？有沒有帶女主播來？」一個人問。其他人一陣哄笑。

明哲還真的隨他們想了一下，「沒有啦，我們是……平面媒體。對。」他繼續問下去，「聽說……之前爆破的時候有很多人看到水怪，你們有誰看到嗎？」

「有！有！」一個人大喊，湊了過來。「那天，我在水邊要看他們爆破，底下轟一聲，然後一大團白白的就這樣……」他兩手像在摸著一個大屁股似的，「呼！地冒出來，那時候我就有看到啊，中間有一個團黑黑的的東西，還聽到它在叫，叫好大聲……」

沒想到隨口一問就說了一大串，明哲連忙拿出紙筆補記，還認真地拍了那人的照片。「把我拍帥一點，給女主播看喔！」他大笑。

沒想到第一步就有斬獲，明哲有些得意，接下來再問一兩個人就可以交差，頓時令他輕鬆不少。但這時背後傳來「先生！先生！」他轉頭一看，是剛剛那群工人中的另一個。「我跟你說，你不要理剛剛那個人。他腦筋怪怪的，亂講話，本來根本沒有要他回來的。」

「回來？」明哲問。

「對啊，本來那個外地人又跑了，炸水底前幾天。只好找這個神經病回來。他之前就這樣，看到人就愛亂講，你不要理他喔。好嗯，再見。」他便轉身要走。

明哲不悅地點了點頭。「喔。那你有看到水怪嗎？」

那人回頭，眼睛東看西看的。「呃……好像有……沒聽到。」

四

明哲沿著湖畔往回走，華光湖一片平靜。偶爾有幾個黑點浮起，但他懶得多看。小時候他也以為那是水怪，就傻傻在水邊看了一整天，家人怎麼叫也不肯回去。很快他就知道，那不過是木頭或者保麗龍，沒什麼好稀罕的。後來是怎麼變成現在這樣的呢……他邊納悶著，邊走向纜車站底下的便利商店。午餐不想找那些坑人的店，超商難吃歸難吃，至少價錢到這裡還是跟平地一樣。

在超商面湖的落地窗外，明哲看到一個突兀的攤販。上頭的大字寫著「水怪達人」，攤位上有明信片、玩具和一堆看不太清楚的紀念品，沒有遊客停下。明哲把便當盒塞進垃圾桶，走了過去。

「喜歡都可以看喔，」顧攤那人有氣無力地念著。明哲看了看商品，都是些乍看有趣、細看粗糙又東學西抄的二等貨，像是改成黃色小鴨風格的蛇頸龍之類的。還有些圖章、陶笛，甚至還有藏寶圖。他翻了翻藏寶圖，看到狹長的湖岸標滿了密集的時間人名，還附上模模糊糊的水怪照片，印刷品質低劣，反而看起來真像有一回事。

明哲拿起地圖。「這些目擊紀錄都是真的嗎？」他故意問。

那人苦笑了一下。「看你信不信囉。」

「你不是水怪達人嗎，你自己也不相信有水怪喔？」

那人沒打算回話，別過頭去。明哲連忙拿起旁邊那蛇頸龍小鴨玩偶和藏寶圖，放到那人面前。

「我信也沒用啊，」那人數了數鈔票說下去。「現在誰還真的信這個，大家都只愛KUSO而已啦。我也就做生意而已啊。」

「只是做生意的話，這個圖也太費工了吧？」

「你說這張喔？」明哲注意到那人眼睛亮了起來，「那以前花不少時間弄的說……一筆一筆資料抄下來，你還沒看背面，都是從以前到現在的水怪目擊紀錄喔！」

「所以你還是相信有水怪嘛。」明哲趕快拿下背包，翻了一陣子才找到整盒沒開過的名片。

「我小時候很迷水怪的，」那人接起名片便放在一旁，說了下去。「像你們那種雜誌寫說有水怪的我都會買，還會把水怪的照片剪下來貼成一大本。後來……後來有一天忽然翻到以前那本剪貼，就想說，誒，乾脆來賣水怪好了。一開始也還ＯＫ啊，可是後來大家就沒興趣了。現在大家都在等那個山水一日遊，可是就算之後水怪紅了，還不是一堆人來跟風，不然就是那個蓋纜車的公司把水怪包下來不准別人賣啊。算了。要不是最近炸過之後又有人說看到水怪，本來都準備收攤了。」

「不過這次應該不是有人看到真的水怪吧。」明哲繼續讀著那張藏寶圖。

那人猶豫了一下，「……我不知道，因為我自己也看到了。」

讓明哲忍不住抬頭的，是那人平淡的語氣。「怎麼你好像一點都不開心啊？水怪達人終於看到水怪耶。」

「我說過啦！」那人提高音量，「早就不想幹了。待了那麼久，從來沒看過水怪，有些後來的照片還是我自己丟模型到水裡拍的咧，還不是一樣沒人要買。本來都想好要收攤了，結果咧。偏偏這種時候就真的看到了，你說奇不奇怪？是不是莫名其妙？」他轉頭瞪著湖面，不說話了。

明哲也不知道該回什麼，但他隱約能體會那種時機錯過的討厭感覺。他收起藏寶圖和玩偶問：「那你真的看到的水怪是什麼樣子？你有拍照嗎？」

「沒拍到啊。就跟我以前做的差不多，我看也是別人弄的吧，沒人會鳥啦！」

那人苦笑了一下。

回到超商的空調裡，明哲打開藏寶圖背面一讀，資料之詳細，連網路都難以相比，有些甚至連他都沒聽過。原來在傳說時代，這裡就已經有水怪了。神話第一次疑似提到這邊，是說東方海上有個大島，島上都是人身鳥頭的怪人，住在一個大湖邊。大湖裡有像豬又像蛇的怪物，只要向牠獻祭，就能平息災禍。

後來到了歷史時代，曾經有大將軍帶著部隊來島上抓這些鳥人，卻在湖邊被震耳欲聾的怪聲擊殺半數，只能倉皇退兵。接下來才是網路上那些傳來傳去的內容，像是第一個來島上的傳教士看到湖中浮起惡魔的巨角，或者是殖民時代的動物學者接連在湖上看到像蛇頸龍那樣的巨獸。十年前還真的有人開小潛水艇下去找水怪，最後上來卻只說，因為湖底形狀實在太複雜，還有好多不知道通到哪裡的洞穴，所以就算有水怪，恐怕也找不到。最近一次目擊記錄已經是兩年前，那照片連去背都沒仔細弄，搞不好是那個達人自己拍的吧。他抬頭看看窗外，那人連攤位都已經不在了。

五

沒有什麼好寫的。早跟你說「做大」了不起就那樣，還整天在那邊說什麼突破的，明哲就這樣心裡一邊抱怨一邊回房。打開筆電半天，卻一個字也掰不出來，只有在論壇上看到幾個屁孩在那邊說什麼，自己住的村裡有人在養水怪，還是自己朋友的爸爸絕對保證是真的之類的。天色已暗，他索性蓋上筆電，想說乾脆去觀光區隨便吃吃然後寫美食介紹算了，反正總編以前就天天在念，說觀點要更多元嘛。走下樓梯，卻看到老闆娘一個人坐在客廳吃晚餐。

「幫你弄一份啦！外面那都騙錢，又不好吃。」

雖然老闆娘只是隨手弄兩個菜，但味道還真的不錯。

「厲害喔老闆娘，怎麼不自己開餐廳？很好賺喔。」

「最好是啦。現在湖邊他們越蓋越大，又蓋纜車，觀光客一下來就往他們裡面跑，誰還要來這邊啊。都作三十幾年，也不想再弄了啦。」

「老闆娘做三十幾年囉？」

「對啊，從這邊什麼都沒有就開始了。以前這邊人笨笨的，什麼都不會，就那一兩間國民飯店。我那時候一個人帶女兒不敢回家，又怕別人找到，就躲在這邊幫人家掃地、洗衣服，什麼都做。後來就自己跑出來批東西賣，跟那些人學啊，後來觀光客比較多，自己有賺錢，就開了這間大旅社，哈哈。」明哲順著老闆娘眼神抬頭望向櫃檯，在那些褪色的燈箱上，還真寫著「嘉興大旅社」。

「以前都很好啊，」她繼續說，「有人弄房間，我管櫃檯，晚上忙還下去幫忙炒菜。後來……就別人飯店越蓋越大啊，然後就有人來檢舉，什麼一定要裝什麼排放的，那麼貴誰裝得起。後來大家都做不下去了，現在只剩我啦。你看外面那排，以前也都是這種大飯店，現在都是那些年輕人在搞什麼文創的，誰還要來這邊……上次還有人問我這邊有沒有在賣……夭壽。」

「那要不要乾脆就……收了？休息？」明哲問。

老闆娘歎了口氣。「是不想做啦。可是又不能走。怕我女兒回來找不到人。」

「那女兒呢？現在在做甚麼？」

「不知道。十八歲那年跑了。之前就說不想一輩子待這邊，想去外面看看。我怎麼會說好啊，結果有一天她就真的跑了，也沒說去哪。本來還有打回來，後來也沒了。算了。我自己十八歲以後也沒回家過……」

老闆娘低下了頭。明哲靜靜地吃著販，還真的有點家裡的味道。他忽然在想，這裡會不會其實就是他小時候住過的那個大飯店。

「對了，你白天不是問我什麼水怪嗎？」老闆娘突然問。

「嗯？」

「我後來好像……有看到。他們炸過之後。」

「真的？」

「可是不是什麼水怪。是人。」

「人？」

「對啊。那天我在後面收東西，忽然覺得水邊有東西在動。我嚇一大跳，就喊啊，結果那個人就站起來了，一個小女生，好可愛的！我正想問她在那裡做什麼，她就往湖裡一跳，然後越遊越遠，往下一鑽，就不見了。」

六

明哲夢見自己在巨大的水族箱裡，像被一股水流推著但還能游動。到處是魚，被關在洞穴裡。他繼續往前，忽然發現在最大的洞穴裡，有什麼正要衝出，還發出尖銳的聲響。

是手機。他抓起來一看，是總編，也才八點多，怎麼會睡著了。

「您好？」

「你有沒有在看新聞？你那個總裁死了。」

「我的？」

「華光湖啊！趕快看一下，你再多寫一點，不用馬上交，嗯。」

電話掛斷，他轉開電視，只有幾個無線台，但至少有新聞。主播一如往常的表情念著：

「就在剛剛收到令人震驚的消息；宏創技團總裁王拓山驚傳意外身亡，目前只知死亡地點就在家中。至於是自殺或他殺，目前還沒有進一步消息。由於宏創集團最近在華光湖的水下開發計畫引發不少爭議，他的死也對這計畫投下另一顆，水、下、炸、彈。」

在記者自以為巧妙的類比後，就是醫院外的空畫面和家屬掩面穿過記者的畫面在輪流。明哲吐了口氣，躺回床上。本來以為可以混過去，結果越來越難混了啊。

他想，以後的事等回去寫完再想吧。

王拓山的死訊沸騰了足足有一天之多。媒體帶著觀眾拚命討論他古怪的死因——在參加了爆破工程後忽然足不出戶，最後忽然在自家浴缸喊著「爸爸」就溺死，目擊這一切的外籍幫傭，卻說水裡面有老虎在咬著他；好事者猜著為什麼洗澡時身邊的人是外籍幫傭，又興致勃勃地討論起從小就遺棄他的家人、身邊數不完的女人，以及那橫跨觀光、工程、房地產等眾多事業的重新分配，彷佛自己就是死了老爸的富二代一樣。沒有人討論為什麼好手好腳的王拓山家裡會有外籍幫傭，即便有零星報導山水一日遊開發案的環評爭議，到了眾人口中，也變成了「觸怒山神」、「破壞風水」之類的報應。

果不其然，第二天晚上的「新聞再聚焦」，主題果然就是水怪神秘恐怖殺人事件，每期他得打電話問廢話的那幾個老頭，又在電視上講起那些世界各地、他從小聽到大、早就知道每一個是怎麼掰出來的神秘生物，外加全球各大富豪種種離奇的死法，以及從地球誕生到世界末日前都糾纏不斷的各種豪門恩怨。要不是總編要他參考人家吸引觀眾的方式還要他提報告，他根本懶得再看這節目。那方法他清楚得很——老頭們的每一句台詞，不管是贊成還是反對都吵到臉紅脖子粗，你先是注意力被拉過去，接著被那激昂的無聊對話笑到轉不了台，自然就忍不住看下去。只是對明哲來說，現在這種聲音只會讓他越來越失神，他看著那些翻攝自網路的失真影片，朦朧間好像回到了小時候，他在那間旅社的二樓看見了湖裡有個黑點探了出來，然後是一截長長的脖子……

忽然間異樣感讓明哲驚醒過來。吵架聲沒了，不是音效有問題，是有來賓用正常的音量講話。他一看，那不是水怪達人嗎？還來不及看他叫什麼名字，畫面就被那張藏寶圖蓋了過去，但也被改成「翻攝自網路」了。明哲只能聽見水怪達人說：

「其實，我覺得探究水怪實際上是什麼生物並不是最重要的意義，人怎麼看牠，反而比較有趣……」

整個節目靜了一瞬間，然後主持人幾乎是反射性地話鋒一轉，「好我們謝謝水怪達人！接下來我們繼續深入調查，王拓山是否在十年前的一場外遇中，就已經顯露這次慘死的徵兆？……」

七

「所以我一開始就說，要做大，你看事情是不是就變大了？」總編輯得意地說。

明哲漠然看著他，心想著這是什麼鬼道理。「所以我會多談一下水怪……」

「不不不，現在的重點不是那隻水怪，你要隨時注意讀者想要看什麼。現在大家關注的是總裁之死，你應該多著重這一塊。」

「可是社會新聞這塊我並沒有……」

「你可以多參考網路上的社會新聞啊！再綜合你原本的材料，這樣我們就有別人沒有的獨特觀點，這，就是我一直很期待大家能做到的。下週一把它完成好嗎？我要再看看。好，週末愉快。」

明哲一言不發地看著總編邊講手機邊離開辦公室，後悔沒有在事情發生前就先提離職。現在只能在這邊繼續把一篇白費力氣的採訪寫得更爛再刊出去，然後呢，還是閃人吧！有的時候還是需要一根稻草來壓垮自己。

一旦這麼想，明哲反而覺得有種解脫的快感，好像多年以來那種不上不下的感覺終於要有變化了。就在他一如往常地開始抓網路文時，手機忽然響起，是他沒看過的號碼。

「請問是……劉明哲，先生嗎？」

「是。」他聽不太出來那是誰的聲音。

「我是胡守仁，之前跟你見過一次面，然後你有留給我手機……」

「啊？」

「之前在華光湖那邊……」

「啊！水怪的……」明哲臉上一陣通紅，其實他從來都記不太住別人的聲音。

「對。呃，其實是，我想問問看你能不能在雜誌上寫一些東西……」

明哲再一次清楚體會那種討厭的感覺。當你好不容易決定真的要放棄時，偏偏就會跑出來一個似真似假的機會，而通常那只會讓你沉得再深一點。

八

「那天我準備了很多想講的，結果等了老半天，又錄了老半天，最後根本沒有要我講什麼，我就整天坐在那裡。」在廉價咖啡廳裡，胡守仁忍不住對明哲抱怨。

「媒體都這樣。」明哲說完忽然覺得哪裡怪怪的，「電視都這樣。他們只是要讓畫面上有別人而已，你講什麼其實沒差。」

「他們講那些網路上早就有了啊！有些還是我整理的資料耶。」

「我知道，我知道。」明哲說。「所以，守仁……」他不太確定地唸出對方的名字。

「別人是都叫我阿守啦。」

「阿守，你找我是希望我寫什麼？」
「老實說……我也不知道。」
「咦？」
「我還不知道，可是我覺得在節目上那樣播出來，已經不是我本來想講的話了！」
「真的。」明哲點點頭。「可是我覺得，如果要我們總編願意刊出來，我就不能只寫你想講的話，他要我寫總裁……」
「關於他我也是有一些想法啦。」
「真的？」
「我覺得總裁的死『真的』和水怪有一些關係。」
明哲忍不住噗哧一聲。所有人，從總編到同事，還有那些主持人老頭以及觀眾，嘴巴上都會說兇殺案和水怪有關，然後心裡把這句話當成放屁；他太習慣這種態度，一下子反而無法接受一個人在自己面前說他真心相信這句話。
「不好意思，真的。」明哲連忙道歉，不知道阿守會不會生氣走人。
「我知道。之前我也說我信了那麼久水怪，後來又覺得根本就沒有。但這不一樣。水怪我不知道怎麼回事，可是他們公司炸過水底之後，湖邊就一直有人看到東西，而且不是那種水怪。你那天去不是去採訪嗎？你應該有問到別人看過吧？」

「是有，但那說不上是水怪。」

「但是是不尋常的東西。」阿守直直望著明哲，「而且每個人看到的東西都・不・一・樣。」

明哲點點頭。

「其實我本來在節目上就是想講這個，但他們不理我，說我講那些根本不可能發生。哈哈！他們居然會說『不可能發生』耶。」阿守大笑。

「所以你……是要告訴我什麼證據嗎？」

「老實說也沒有。我也只是猜測而已。」

「呃，」明哲忍不住問，「那你猜跟我猜跟他們猜有什麼差別？」

「沒有人像我這樣猜的，所以我才要告訴你。」阿守得意地說。「我覺得關鍵不是在『水怪』，而是在『人』。」

「所以是兇殺？故布疑陣那種的？」

「不是啦，那樣很無聊耶。」

「那不然呢？」

「你有沒有沒在論壇上看過有人說什麼，養水怪之類的事？」

九

要到那個說有養水怪的村落，比去華光湖還要再多花一倍的時間。車上，阿守興致勃勃地把各種蒐集來的神秘圖片秀給明哲看，並解說那些圖片的真相。

「像這個怪獸的名字，其實在當地指的是一種河流改道的現象。但不熟悉當地語言的白人探險家，就硬要說這是恐龍，到最後還不知道怎麼生出這張恐龍的照片……」

「像這張只是觀光旅遊的紀念照，是一百年前的暗房技巧啦。沒想到後來傳到網路上，就一堆人說是巨型昆蟲怪了……」

「這個才經典。這最早是一首嘲笑政府的諷刺詩，結果有人把裡面政府的醜態做成妖怪模型之後，照片傳一傳，居然一堆人在網路上說這是他們從小就看過的神秘生物……」

「我從來沒想過這樣的事耶。」明哲邊點頭邊說。「總覺得要不就是假的，要不就是真的，原來中間還有這麼多好玩的。」

「這些都是我放棄找水怪之後才發現的資料。其實之前也聽過什麼真相揭密啦，但那時候都會想說，科學的力量有限，就算這些怪獸真的被破解了，還是有很多怪獸從來沒被人找到。可是後來有一天好像就……啵！的一聲，忽然就覺得全部都是假的了。真的！明明同一張照片，昨天看的時候會想，哇水裡面不知道是什麼動物；忽然睡一覺醒來，就覺得只是波浪而已。好奇怪。」

「有有有我也會。」明哲猛點頭。「只是說我好像……有的時候想著想著，又覺得有那回事，可是再想著想著，又覺得沒有。我就是這樣反反覆覆的，所以才變成現在這樣，哈。」

「不會啦，搞不好這次就讓你發現什麼獨家怪獸新聞，到時候你就出名了！」

明哲苦笑了一下。「先不說我啦。到了那邊然後要怎樣？」

「我已經連絡好了，到時候跟我走。」車子緩緩靠邊，「到了，這裡就是復興村。」

明哲從沒來過這種村莊，而村裡就有不少東西是為他這樣的人服務的。什麼山神傳說的手工藝品，可以求工作運、考試運、戀愛運。不然就是山產，一些看不出是什麼的瓶瓶罐罐。雖然不像湖邊一樣被人團團圍住，但嘹亮的吆喝聲還是響遍整條進村的小路，甚至還有幾個年輕男女穿著鑲亮片的五彩服飾，伴著流行音樂跳傳統舞蹈。

「感覺沒啥特別的啊。」明哲說。

「精彩的不在這裡。」阿守說。「你知道為什麼這個村叫『復興』嗎？因為它是從華光湖遷過來的。以前蓋水壩發電，就把他們的舊村淹沒了，當時政府就把他們全部遷到這邊，要他們『復興』，現在呢，又開始叫他們搞『文創』。結果一弄下來好像他們真的世世代代都住在山裡面拜山神一樣。可是，那個養水怪的說法，也許代表湖邊的傳說好像還保留在這裡。我們等晚上吧。」

深夜，明哲跟阿守離開民宿，往村外的森林走去。除了銀色的月光帶出一點輪廓外，四周就只剩蟲與蛙的喧嘩。

忽然林中一個亮點一晃，阿守就靠了過去。兩個小男生在那邊等著。

「就跟你說是他，」其中一個笑著，「你還說是那個買藥酒的歐吉桑。」

「可是人家明明是博士啊！」另一個反駁。

「人家的名字是『獵魔團長怪獸博士阿守』，這種名字一聽就覺得是小屁孩啦。」兩個人都笑了起來。「小屁孩，哈哈。」

「復興山大王？闇影勇士？」阿守問。

他們得意地點點頭。「你後面那個人是誰？」闇影勇士問。

明哲正猶豫著，阿守先回答：「他是我的研究助理。怎樣？現在可以帶我們過去了嗎？」

復興山大王點點頭。「好像已經要開始了，你們要走快一點！」

一路上四人一言不發，山大王和勇士好像能在黑暗中看得一清二楚似地輕鬆飛過樹林，明哲只能勉強踩著阿守踩過的地方向前摸索。忽然前面兩人比了比手勢，明哲和阿守連忙停下，悄悄挪到他們身旁。

在他們四人面前，是一片小小的空地，有一個年輕人站在火把間，中間有個水缸。他把寶特瓶裡的水倒了進去，然後一個老頭把雙手放到水缸邊，輕而快地撫動著，讓水缸發出古怪的嗡嗡聲，口裡同時含糊地念著什麼。隨著嗡嗡聲漸響，年輕人也像跟水缸共鳴一樣顫抖起來，口中發出相同的音調。連那兩個小孩也跟著共鳴了起來，甚至連明哲都覺得自己好像陷進回音的迷霧裡；他好像回到了童年的華光湖，他癡癡地望著湖面直到出了神，直到那小小黑黑的一點變得像島一樣大，滴著水的脖子向他望過來……

他突然驚醒過來，發現那年輕人正惶恐地盯著他，而他就像被蛇盯住的獵物一樣，動也動不了。他以為那人要大喊了，但他沒有，他只是繼續假裝跟著人們念著、擺動著。

十

「阿守，你怎麼看？」第二天清晨剛回到部落裡，明哲便問。

「你不是也看到論壇了嗎？我看到之後就卯起來跟他們打屁聊天，約好叫他們偷偷帶我來看。不要看這村子好像很偏遠，連網咖都有喔。這才是他們真正的傳統信仰，其他那些白天看到的，都是騙觀光客用的，沒想到真的讓我們親眼看到了。倒是你怎麼了？恍惚恍惚的。」

「嗯……沒事。我覺得當時我好像看到……算了。倒是你有看出什麼嗎？」

「當然沒有。我不是說過，每個人看到的都不一樣。所以我不覺得真的有水怪，但他們應該都有看到。」

「可是這樣的話我要怎麼寫……」明哲正要問，沒注意到前面正有人走來，兩人碰了一下。他正要道歉，卻發現面前正是昨晚那年輕人，他面露懼色轉身正想逃走，一不小心卻摔在地上，明哲順手想扶起他，那人卻用力甩開他的手往前猛爬。

阿守連忙蹲到那人旁邊，說：「你不用跑啦！我們沒有要對你怎樣啦。」

那人暫停了動作轉頭問：「所以你們……不是來抓我的？」

「我們沒事幹麼要抓……」阿守正要問，明哲使了個眼色，叫他把話吞下去。

「可以聊一聊嗎？跟我們講完就沒事了。我們什麼都不會說出去。」

為了避開其他人，他們一直跟著這個叫阿剛的年輕人走到樹林深處才坐下。

「我很怕新聞又亂寫。說什麼山地人下咒語害死平地人的。哪有那麼厲害！可以害死的話早就把壞人都殺光了啦。」他笑了起來。

「我也覺得不可能。」聽明哲這樣講，阿守皺了一下眉頭。但明哲還是問了下去：「只是說，為什麼你覺得有人想抓你呢？」

青年沉默了一下。阿守連忙接起話：「先不管那個了。我比較想知道昨天晚上的儀式是什麼，好像從來都沒有人看過。」

「那是我們真正的祭典。」阿剛說，「我們的祖先以前住在華光湖邊，可是湖裡面有怪物，會發出像打雷的聲音，然後魚就都不見了，大家就要餓肚子。有一個小女孩，只要餓肚子就會哭，哭啊叫的時候，全村的人都要摀耳朵，可是那時候，湖裡的怪物才會安靜下來。等到大家抓到魚都吃飽，湖裡的怪物又叫起來了，大家沒辦法，只好在小女孩身上綁一根樹藤，然後把她送到湖裡面對這怪物叫。結果怪物聽到就暈掉啦，只是小女孩也沒有浮上來了。所以之後我們有事情就會去問水裡面的怪物和小女孩，他們在湖底下很深的洞裡睡著了，偶爾才會醒過來大吼大叫。可是後來我們的爺爺被趕走了，只好每次要祭典的時候，去湖那邊把水拿過來。因為他們都還在水裡面，他們要告訴我們的話也在水裡面。」

「所以昨天那個水是你特地去湖邊拿的？」明哲問。

「對。不對。我……」阿剛結巴了一下，「我本來到處當工人，結果沒想到要我在做的事情是要炸祖先的湖……我怕了，就趕快問打電話問媽媽怎麼辦啊，長輩他們就跟我說，你趕快帶水回來，問祖先要怎麼辦。所以我就跑了。」

明哲忽然一驚，「所以你就是那個逃跑工人？」

「你，真的不是來抓我的？」阿剛警戒地看著明哲。

「不是啦！我……我本來是在寫水……水裡面的東西。」

「他是作家啦，旅遊作家。」阿守也連忙瞎扯起來。「可是不做就不做，幹麼抓你啊？」

「老闆說，我去做的時候就有簽約了，一定要做滿……忘記多久才能走，不然我就欠他們錢，如果跑了會有人來討債，很恐怖的……可是我怎麼可能去炸祖先的湖啊……」阿剛焦急地抓著手指。

「別擔心啦。」阿守拍了拍阿剛的肩膀。「你們大老闆已經死了，現在一團亂，沒有人有空找你。倒是，你昨天問了祖先，有問到什麼嗎？」

「我看到你們在樹林裡面就怕了，後來什麼都沒看到。」

「對不起啦。那，你有看過水裡面的東西長什麼樣子嗎？」明哲問。

「你是在說我們的祖先嗎？」阿剛露出了莫名其妙的表情。「怎麼可能真的看到啊！」

十一

回程路上，阿守飛快瀏覽著網頁。明哲看著逐漸遠去的復興村，腦中整理著昨晚的一幕幕，卻完全沒辦法下筆。

「所以……你覺得是怎麼回事呢？」他問阿守。

「其實我也還不知道。咦，所以這算是開始訪問了嗎？」阿守反問。

「算是……其實我……唉，這說來話長啊……」明哲忍不住把剛進入雜誌到這次訪問所遇到的一切難處，都一五一十地告訴了阿守。

「我懂。我真的懂，好不容易真的要放棄了，偏偏又碰到我來亂，抱歉啊。」

「不會啦，本來就不該一直這樣下去了。」哲明簡直有點想哭的衝動。

「我還沒有想清楚，但我把想到的都告訴你，你能寫就寫吧。」阿守說。「我只知道關鍵應該就在那個『儀式』上。我沒辦法確切說是怎麼回事，但顯然是種類似催眠的效果，那些人就像我說的一樣，重點是他們怎麼看——他們如果能在那個狀況裡面的話，他們好像就可以看到特定想看到的東西。也許住在那邊的人，從很久以前就從湖學到這個，只是這樣傳下來，也沒有人真的知道到底是什麼有效，是水？是儀式？還是那個湖本身怎麼了？不過硬要這樣分也是我們自己的偏見啦，就跟水怪一樣，有些人就非要找到什麼實體才能證明水怪的存在，所以什麼都找不到，但如果你把水怪的傳說、故事、照片、論壇……都當成水怪的本體，其實反而能發掘更多有趣的現象。」

「那搞了半天，那個總裁到底是怎麼了？」

「我在想，也許上次的爆破工程對湖底造成了什麼，結果產生了一個跟那天晚上一樣的儀式吧？結果有些人不知不覺就被影響了，就看到了不清不楚的幻象……我在想會不會我自己也是這樣才看到水怪……所以其實心靈深處我還是想看到吧，哈哈。那，總裁也許就只是運氣不好吧，他可能正好一邊泡澡一邊看到幻象，結果就淹到水裡也沒發覺。誰知道當時旁邊還有沒有什麼事情讓他不小心更投入，但應該是沒有什麼殺人兇手啦。可是明哲，講了這樣一大堆，這樣你有辦法寫嗎？」

明哲苦笑了一下。「唉，反正寫不寫我看結果都一樣啦。我還是擔心自己以後怎麼辦比較實在。」

「想不到的話，你乾脆也來問水怪好了。」

十二

下一個上班日，明哲連同辭呈，交出了一篇不痛不癢、東扯西扯，但就是什麼都沒寫到的水怪特別報導。不論是哪一份文，都沒引起總編太大反應。

幾個月過去，經歷了總裁身後的人事鬥爭、弊案的連環揭發，以及住民連同環保團體的抗爭，特別是針對工程引發地震的疑慮，山水一日游的水下工程暫時變成了廢墟。但新的飯店仍不放棄地繼續推近湖畔，明哲連在湖中，都可以清楚感覺到岸上打樁的震動傳遞過來。

從湖邊划到定點不用太久，可是明哲總覺得，這一小段距離所耗費的時間，比從城市到華光湖或是到復興村，都還要漫長許多。

「準備好了嗎？」小船上的阿守問。

為了這一刻，明哲這幾個月都在訓練。他放下那沒人在乎的工作，專心準備探索湖底。不是為了交差，就只是為了自己從小就想看到，但總是反反覆覆不求甚解的謎底。他朝阿守點點頭。

「你自己小心。」阿守拍了拍明哲。明哲雙手一放，往水底下沉。

原本清澈的湖底，自從施工以來就變得混濁，即便停工也沒有改善。明哲勉強在濃煙一樣的水中，尋找著爆破的痕跡。伴隨著沉悶的呼吸和黏膩的聲響，從頭頂射出的那道光柱，寂寞地來回掃動。忽然一陣力量推開了阻礙，讓他看到了那個巨大的爆破口。他逐漸靠近石塊散落的中心，似乎有一個垂直向下的洞穴。他游到正上方，頭一低，讓光束往底下一照。什麼都看不見，令他小小聲地，對著那虛空輕輕發出一聲歎息。

忽然間無數的聲響從深處傳來並鑽進他的腦中，好像他瞬間被丟在車站大廳的正中央，每個經過的人都拚了命講述他們的一生，那聲音強烈到讓他彷彿看見畫面，讓他看到野獸在水中互相撕咬，血染紅了視線，巨大的黑影從天而降，巨爪刺進了他的胸口，讓他喘不過來；尖叫的小女孩一個接一個摔進水中，在他面前掙扎著斷氣；狂風暴雨還是呼嘯的子彈打進水中，拉出一條條帶著污血的氣泡。那些聲音和畫面瘋狂地飛馳撞擊、糾結成一道巨大的黑影，帶著他在迷宮般的洞穴中穿梭，他看見了那個他遺忘了太久的印象——那條來自腳下深處的巨龍，正看著溺水的幼小的他，毫不留情地要把過往所有的回音一口氣都灌進他耳中，但他立刻就被拖離水面……

「你沒事吧？喂！」明哲看著阿守的臉在空中俯望著自己，身體被他搖動著。

「我……我在哪？」

「你忽然就浮上水面了，動都不動，我還以為你掛了，嚇死我。」

「我看到水怪了。」明哲勉強坐起，「不，我覺得像是聽到水怪，牠想要告訴我所有發生過的事……」

「真的假的？不過為什麼牠會突然——」

就在那一瞬間，裝著兩人的小船不自然地搖晃起來，兩人嚇得緊緊抓住船邊。他們看見周圍的山也發出巨吼，石塊從山嵐一樣高的煙塵中往下崩落，所有岸邊的建築不分大小地搖動推擠著。但在驚恐中他們發現，他們眼中的每一個人都沒有尖叫奔逃，只是站在原地，失了神地顫抖著，令他們倆想起那一晚偷窺的神祕儀式。明哲往水面一看，細密的紋路像是某種活物似地，規律而平穩地在水面來回，像是在呼應那些人的顫抖——不，他隨即想到，是所有人都在呼應著水怪的回音，接收著湖底靠地形保留下來的訊息，並在那共鳴中，像他遇過的每個水怪接觸者一樣，開始產生自己想看見的幻影。而且這一次，靠著極其罕見能與湖水共鳴的巨大震動，不知道會有多少人、多廣大的範圍都將被捲入這無邊的幻覺中。

這也許會是有史以來最多人經歷的水怪目擊事件，規模之大，恐怕沒有人敢再說這是無稽之談了。一想到這一點，明哲反而覺得，自己好像真的在這一段迷惘的過程中，找到了什麼意義似的。

EPISODE：3
空想怪獸
入侵
兒童樂園

DATA FILE.

010

荒地上的醜恐龍

TYPE : Abduction

FORM : Self-propelled Dinosaur

小時候迷恐龍是沒辦法的事。那時不管走到哪，都可以看到恐龍——最小的那種黏土玩具可以捏在兩根手指間，大一點的塑膠恐龍得用雙手捧著，頭腳尾巴都可以三百六十度旋轉；再大一號的就是家附近玩具店門口的長頸龍，比店門還高，摸起來像氣球一樣鼓鼓的，底下綁著線好像一剪斷就要飛走似的；而最大的，就是博物館才看得到的恐龍化石，頭都可以頂到天花板了。

我當時最喜歡的，是那種從日本來的玩具恐龍，結合了我最喜歡的機器人和恐龍……其實應該是機器人、恐龍，還有武器。我還記得玩具店櫥窗裡那隻機器長頸龍，牠從頭到腳到處都是大大小小的槍砲，肩膀上的四根砲管特別大，中間背上居然有像航空母艦的甲板和飛機。小小的飛機上可以坐人，恐龍也是——我記得那恐龍身上到處都有小小的、金色的坐姿小人，恰恰好可以坐進蓋著透明罩的小小駕駛艙裡。那隻恐龍還會走路——老闆只有讓它走過一次——只要把肚子上的開關一推，整隻恐龍就會自動向前走，四根砲管還會上上下下地搖晃，帥氣極了。

只有一種恐龍我沒辦法喜歡。它們總是沾著髒兮兮的綠色，眼睛好像電視女歌星一樣塗了一圈黑漆漆的東西。它們的肚子太凸、手腳太細，牙齒好像一排釘子。它們老是呆呆站在高速公路的休息站或廟前的廣場旁，不然就遠遠地站在山坡上還是海邊，都不是我喜歡去的地方。我那時看到總厭惡地想，不知道這些醜恐龍是誰做的？為什麼要把明明就很棒的恐龍做得那麼難看？

我記得有一次我幾乎要揭曉謎底。那次連續假期，我們好幾家大人小孩一起去那種「比較差」的遊樂園玩，就是那種遊樂設施破破爛爛、吃的東西很不衛生、「請勿亂丟垃圾」、「一次10元」都用暗紅色油漆手寫，廣場上還會亂擺一堆木雕、石雕的遊樂園。那種地方都會有堆滿廢棄設施的大草叢，而那隻油漆剝落像染上皮膚病的恐龍，就孤零零地站在草叢中間，那糟糕的樣子，即便是看到什麼恐龍都要多瞧幾眼的我，都沒想靠近一下。

是有人在那醜恐龍旁邊叫我，我才會想靠過去的。那是個我想不起長什麼樣的男人，只記得他小小聲地喊著：「底迪！」並對我招著手。當時學校都有教，不要靠近這種人，我當然也就不敢理他，低著頭繼續走。

但他對我喊：「這邊可以開機器恐龍喔！」

這幾個字讓我腦中開始亂想，當時的我就很會這個。對啊，遊樂園的恐龍，所以應該可以開，像那些黑熊啊、斑馬的小車子都可以開，恐龍應該也行。這種比較差的遊樂園本來就沒有那種穿制服、一直會微笑的大哥哥大姐姐，只有那種看起來不太高興的叔叔伯伯，所以那個叔叔應該也是遊樂園的人，才知道可以開機器恐龍。於是我撥開及胸的長草，向那人走去。

「來來來，這台機器恐龍都沒有人要開，你就是第一個玩到的小孩。」那個男人說。

「我以前怎麼都沒聽說恐龍可以開。」我問。

「因為別人都沒告訴你啊。」

「真的？」

「不信你可以先看看啊，入口就在這裡。」他用手扳開恐龍肚子靠近大腿的一小片皮，居然真的有個開關在上面。他一推，恐龍的肚子就出現了一個小孩大的ㄇ字型縫隙，隨即肚皮就像門一樣緩緩向外張開，直到頂部翻出去抵在地上，背面正好是向上的小樓梯。

我看傻了。

「沒有騙你吧！你先進去，然後往上爬到頭頂的駕駛艙，就可以開恐龍了。」他說。

我仍遲疑著要不要上去，「快點快點！遊樂園都要關門了，下次就沒機會玩囉。」他催促著。聽到下次就沒機會，我忍不住踏出腳，往恐龍肚子裡進去。

裡面黑漆漆地，又有一股發霉的味道。

「我沒有看到駕駛艙耶。」

「還要再上頭一點喔，我幫你。」他用雙手抓住我的腰，就像我爸爸要把我背起來一樣地往上舉。

原本什麼都沒有的漆黑，隨著我被舉高就漸漸亮了起來，先是星點般的紅光，然後出現了黃色的波紋、藍色綠色的網狀光芒，各種發光按鈕一個點一個點構成的儀表板，就在上頭再高一點的地方發著光。

「我看到了！可是我還是上不去。」

「你有沒有看到操縱桿？」那男的問。

我看到了儀表板中間有一根操縱桿。

「有，我看到了！」

「你等我一下啊，等下你上去就抓好操縱桿喔！」他把雙手移到我的屁股底下，「我數一、二、三你就往上抓，來一、二、三！」

我感覺身體往上一浮，操縱桿跑到了我面前，我立刻就拉了下去。瞬間整個恐龍真的動了起來，可是機器好像太舊了，一起動就猛力搖晃，我聽見底下那男的發出慘叫聲摔了出去，接著是我，一股力量把我用力從恐龍肚子裡拖了出來。

「你白癡啊跟人家跑到裡面去！」我看見媽媽紅著眼怒視著我。

「那，那是機器恐龍……」

「機你個頭！差點被拐走你知不知道？」

我看到在一旁，爸爸和舅舅還有幾個真的是園裡的叔叔合力抓著那男的，他可憐兮兮地看著我，但爸爸把他的頭一巴掌打歪，不讓他再看過來。

那之後我就不喜歡恐龍了。但我記得那天離開時，還遠遠地看到那隻無人駕駛的醜恐龍，自顧自地在荒地上繞著圈走。

DATA FILE.

011

放學後的恐龍探險

TYPE : Replica

FORM : Dinosauria

這是發生在我國小三年級的事，算不算真實經驗，我沒辦法保證。但我至少可以說，那些時間地點和過程，都是確實存在的。

那時候只有週三和週六是半天課，週六要上英文，週三要上鋼琴。我很羨慕別的同學，雖然老師會說放學要趕快回家免得被壞人綁架，但大家只要在爸媽下班時平平安安在家就好了，在那之前他們要去書店看書、去公園玩紅綠燈捉迷藏，還是去電動玩具店看遊戲，順便到後面的小房間偷偷打電動都沒關係。

但我不行，媽媽什麼都安排好了。每週三下午，我都要去一個老師家學鋼琴。看著同學三三兩兩歡呼著離開，我只能走過操場、走出南校門，走過那始終缺了藍色的外星寶寶，往回家的相反方向搭公車去。

如果有什麼比較開心的，大概就是那一頓中餐可以吃公車站附近的美而美三明治吧，平常回家就只能吃微波的剩飯；另外就是公車站旁邊那間空屋，破掉的木牆上有一張女生只穿內衣的海報，上頭寫著「要你好看」。當時看著海報上那女生所感受到的那種異樣，自從體內真的有什麼膨發起來後，反而怎麼想都想不起來了。

一對一的鋼琴課，就是老師叫我彈什麼我就不要彈錯，叫我哪邊輕一點重一點我就照做，對了就下課。能快點下課當然最好，因為老師家有兩種家裡沒有的好東西，彈到最後那幾個小節，我心裡想著的都不是音符，而是它們。

一種是電視底下的錄影帶。有了錄影帶，我只要打開電視就可以從頭看蝙蝠俠和羅賓把小丑、企鵝、猜謎人和貓女一個一個抓起來，雖然之後一定又會逃走。另一邊的書櫃裡，擺滿了漢聲的圖畫書（不知從什麼時候開始，那些都改叫繪本了？）；像是睡著的小孩跑進野獸國，無聊的兩兄弟自己造飛機飛上天，十四隻老鼠大搬家、吃早餐、賞月……鋼琴老師家真的很厲害，好像全套都有，其中我看最多次的大概就是《如果恐龍回來了》吧。

「如果恐龍回來了，牠可以幫大家蓋房子、牠可以幫我拿書架上的書，還可以當我的大寵物。噢！我多麼希望恐龍再回到地球上來啊！」有時我覺得，那年紀如果有什麼特別美好的，就是這樣的願望能輕易實現；才在我回家的公車上，這夢想就已經成真了。

現在的我只能用當時一看再看的街景，重建我看到恐龍的過程：率先現身的是紅色的鳥人，張著嘴瞪大了雙眼，頭上還戴著金色的皇冠（動筆的此刻牠依舊在那兒，我覺得牠應該還會在那很久）。後來我就學會了，一看到牠就要做準備，因為公車在牠面前左轉之後，重頭戲就開始了。公車接著右轉，和一座沒有河的大橋平行。從橋的縫隙中，就可以看到第一隻恐龍。一具暴龍化石直挺挺地站在遠處，隨著公車前進而稍微退後一些。我第一次看到時簡直傻了，直直地望著牠，直到它消失在併攏的縫隙間。

接著那公車又左轉，穿過橋下。不可思議地，恐龍現在就在我面前了——剛剛的暴龍現在看起來好大，站在一座灰色石頭蓋成的樓房頂端，邊緣都爬滿了恐龍化石！我目不轉睛地看著那棟樓逐漸從車窗外經過，玻璃窗裡還有一隻巨大的三角龍，好像還有翼龍，可是公車總是太快，整棟樓一下子就消失在面前。我連忙跑到公車最後一排座位上，隔著車尾髒兮兮的掃把和灰黃的窗戶，繼續看著暴龍越來越遠、越來越小，直到那條路向右一偏，牠就被整排的樓房擋住，看不見了。

之後我上鋼琴課就有了目標，先看漢聲、再看蝙蝠俠，最後看恐龍。我一週又一週在車上練習搶窗邊的座位，在乘客間說請借過謝謝對不起，只為了不錯過每一次看恐龍的機會。只可惜那一站老是沒人下車，不管我多努力，還是只能在移動的車上勉強看到一個頭骨、一根肋骨、一隻手或一段尾巴，整棟樓的恐龍始終只能在公車越開越遠之後，用記憶來拼湊……

直到有一天，當那棟樓又出現時，我拉了電鈴。我從來沒有在不該下車的地方下車，如果要回家還得再付一次車錢，但我也先準備了。第一次朝著那石頭大樓和恐龍走過去，還以為跟在車上看是一樣的，但越靠近，我心跳就越來越快。我沿著整排騎樓走向一樓的岩洞，發現連騎樓上的天花板也嵌著恐龍化石，一根根倒垂的肋骨從石頭裡伸了出來，好像想把我抓上去。

一樓的門是開著的。幾個大哥哥站在門裡看著我。

「小弟，你要找誰啊？」一個人靠過來問。

「我……我要看恐龍。」我吞吞吐吐地回答。

「看恐龍喔……」那個人要笑不笑地轉頭過去，和另外幾個大哥哥交頭接耳。

「他要看恐龍啦。」

「啊現在是要看什麼……」

那種像鴨子一樣的低沉聲音聽起來都像爸爸一樣兇，我就不敢仔細聽了。沒多久那人又走過來，「好啊，讓你看一下，只可以到二樓喔。」

踏進去沒兩步我就已經覺得不對勁，等我走過那幾個大哥哥身邊就開始後悔了。裡面是有很多恐龍化石沒錯，甚至還有條小河在流。走道兩旁有很多化石做的餐桌和椅子，可是一個客人都沒有，深處一片陰暗。我走上石橋，兩邊都是伸出來的骨頭，像捕蠅草一樣隨時準備夾起來。再往前走是樓梯，我慢慢地、顧前顧後地一步一步往上，直到二樓。

二樓連水聲都沒了，一片安靜，一盞燈也沒開，只有窗外的光線透過那隻三角龍的骨頭間隙照進來。周圍還有哪些恐龍呢？正當我鼓起勇氣準備環顧四周時，一陣古怪的吼聲忽然從耳邊響起，讓我腳底到頭頂的每一吋皮膚都顫了起來，整層樓的骨頭在那一瞬間好像全都活了起來，只有我自己變得像化石一樣僵硬。我第一次感覺到身體可以不是自己的，先是動彈不得，下一秒已經本能地拔腿起跑，兩三階樓梯當作一步跳，彎曲的石橋跑起來像直線一樣，我不知道大哥哥都去哪了，也管不了那麼多，就朝著最亮的方向狂奔，逃出嵌著化石的天花板，衝過一整排騎樓，直到我站在對街的晴空下才敢回頭。那吼聲依舊在遠處響著，暴龍化石還在樓頂上，正用單邊空洞的眼窩直直盯著我。

我依稀記得衝出大門的瞬間，除了恐龍的吼聲，好像還聽見大哥哥們的笑聲，但當時我實在不敢回頭去看，如今也無法再確認了。幾年後，一次颱風吹倒了屋頂的暴龍，再過幾年路過時，連爬在石頭上的恐龍也沒了，剩下的只有粗糙的水泥牆面，我搖下車窗看去，窗戶裡除了黑漆漆的一片，什麼也不剩。

DATA FILE.

012

控制艙

TYPE : BS

FORM : Kaiju

艙門自動往兩側分開。走進門內，牆上一條條白光接連閃動，隨即安定下來，照亮了半圓形的控制艙。

阿明確定自動門已關上，才走到那張背對他的大椅子扶手邊，避開上面的緊急逃生鈕，又回頭看了一眼自動門，然後轉身坐下。扇形的控制台斜面上，各種顏色的方形按鈕一排排並列，圍繞著幾個大大小小、像氣泡一樣鼓起來的灰藍色螢幕。他的正前方有一根控制桿，再望過去的控制台上，還有一個特別大的方型紅色按鈕。他向前傾身按下那按鈕，瞬時整個控制台活了過來，圓形、方形、長條格狀的指示燈此起彼落地亮著，小螢幕一個接一個出現綠色英文字母，或是一圈又一圈的藍色同心圓；最後，牆上最大的螢幕也亮了起來，左邊的螢幕不停跑著密碼，夾雜著中文、數字和看不懂的怪字母；右邊的螢幕裡，彩色的影像正從深灰中慢慢浮現。

阿明盯著那影像，露出了微笑。他左手握緊控制桿，右手按下幾個畫著三角形方形記號的按鈕。「這次一定要抓到你。」他自言自語，並把控制桿向後用力一拉。

一股力量讓整個控制艙來回晃動。阿明嚇了一跳，看了看小螢幕上的同心圓，沒有光點在裡頭閃動。那就只是正常的震動了，他心想，這種震動每隔一陣子就會來一下，不用擔心。只要主動力還在就沒事，真正要擔心的除了那個同心圓雷達外，就只剩另一個小螢幕上的時間倒數。時間目前看起來還很充足，但誰知道呢？

也有可能一下子就歸零也說不定。那不是他可以控制的，要是沒有這限制就好了。

先不管它，阿明邊想邊把視線移到大螢幕上。右邊大螢幕顯示他正飛過一片無關緊要的地帶——都是他根本沒興趣的地方，一個接著一個，看起來都不像有目標在。左邊的螢幕上還是那些密碼跑個不停——阿明知道，如果他能把這些密碼全部讀懂，就可以很輕易地掌握目標每一次會在何時何地出現，可是那超過他的知識範圍。現在的他，光是要把控制艙的每個按鈕都學會就有困難了，畢竟他每次都只能偷偷練習。在這時間啟動控制艙是嚴重違反禁令的，但沒有辦法，自從那次看見目標以後，他就再也停不下手了。

那次阿明只是在旁邊看爸爸駕駛，眼巴巴望著那一個個不能碰的按鈕被壓下又彈起，使整個控制台到處閃著紅光、黃光、綠光、藍光，上上下下隨著爸爸的節奏律動著。阿明望著爸爸拉動那根控制桿，按住上面的小按鈕，螢幕上各種風景便依次展開，讓他們穿梭在一個又一個不同的次元裡。爸爸藉著一次又一次的跳躍靠近目的地，偶爾在次元間失去控制，瞬時間，成千上萬隻黑色白色螞蟻在螢幕上爬啊爬、鑽啊鑽，偶爾像是被拍了一掌似地往同一側逃竄，有如一道道水波。

「看那沒用，」爸爸對阿明說，但阿明還是忍不住盯著那一道道波浪。他查覺波浪中有不尋常的動靜，彷彿影子在移動，有什麼透過那一片令人眼花的畫面在張望舞動，並緩慢地朝一頭行進。就在那一瞬間，也許是迎面而來的巨大風暴讓控制艙失去動能，忽然所有的照明、指示燈、小螢幕都熄了，只有大螢幕晚了那麼一下下才熄滅，讓阿明瞬間清楚地看見，螢幕上有個巨大的身軀行走在波浪間，牠直立著身子，拖著長尾巴，深黑色的外皮滿是皺摺，巨大的頭顱頂著兩排外露的尖牙。

「有怪獸在裡面啊！」阿明忍不住喊。

「放屁，那裡面哪會有東西。」爸爸說。

「真的！不然你掉頭回去看！」

「我吃飽撐著喔。」爸爸又按下幾個按鈕，重新推動控制桿，讓所有指示燈重新亮起。螢幕上，剛剛的怪獸早消失在上一個次元，現在的螢幕裡是全新的美麗風景，巨大的都市在腳底下，每個屋頂都閃著一粒粒銀色的光芒。

爸爸起身，讓阿明坐在駕駛座上，自己站在後頭。「停在這裡就好了，別老是跳來跳去。」他命令著。

阿明往後看了一眼，爸爸交叉著雙臂盯著他，彷彿問他怎麼還不開始。他轉回頭，規矩地按下無關緊要的按鈕，讓畫面在原處盤旋。

為了見到怪獸，阿明勤奮地學習駕駛技巧。為了避免爸爸多問，他後來就算看到怪獸也不吭聲，反而仔細觀察左邊螢幕，發現在爸爸平常仔細觀察的紅色和綠色數字外，偶爾會有些怪字母冒出來，搭配一些像時間和座標的記號。每當怪獸出現，阿明便默默記著那些固定的怪字母和時間差，以及那時爸爸按下的按鈕。他開始相信，只要能把那些按鈕都按對，他就可以停留在怪獸存在的那個次元。他真希望爸爸有一天能讓他自己操作控制艙，他就可以跟爸爸證明真的有怪獸；還是他應該先把怪獸找出來，爸爸才會相信他真的可以操作控制艙？阿明不知道哪個順序才對，可是他很清楚，現在他只能偷偷闖進控制艙，趁爸爸離開的時候，在摸不清的眾多次元中尋找不確定在哪的怪獸。

阿明焦急地搜尋著兩個大螢幕。明明數字和字母都對了啊，雖然看不懂，但確實是那幾個，可是為什麼右邊螢幕上還是只有螞蟻？他知道次元跳躍並不穩定，這也就是爸爸不想讓他獨自操縱的原因。一種情形是，偶爾會遇上突如其來的電磁風暴，就像之前第一次看到怪獸那樣，讓控制艙陷入一片黑暗。另一種情形是，那些次元有時去得了一次，第二次就到不了了，有時運氣好還會再冒出來，有時候直接消失無蹤——「都是些亂七八糟的，你少看它。」爸爸只說過這句而已。

還是他其實全都按錯了？想到這，阿明忍不住緊張起來。他從不覺得自己可以操縱得像爸爸一樣好，他只是學他那樣按，到底哪個鈕可以做什麼，阿明從來沒有真正知道過。他心想，會不會自己漏看了一個步驟，所以早就偏離了原本的航線？更糟的是，就算這次沒抓到怪獸好了，他還有辦法把控制艙恢復到跟原來一樣嗎？一旦有一個差錯，被爸爸發現違反禁令，以後可能一步都進不了控制艙了……但應該不會這麼倒楣吧，阿明想著想著，差點按錯了一整組按鈕，連忙重新按照本來的順序再操作一次。還是說早就全錯了？時間啊座標啊什麼都錯了，現在只是在亂跑而已，他心想，再重來一次吧，他拉動控制桿，全速前進——

就在這時他看見了，他第一次清清楚楚地看見怪獸出現在螢幕上。是之前那怪獸沒錯，原來牠是有點藍色的，在這略帶著粉彩的世界裡踏著粉綠色的山谷和樹林。除了牠，還有另一隻怪獸飛在天上繞著牠轉，用尖銳的喙啄牠，而地面上的怪獸噴出火焰反擊，才暫時逼退了空中的糾纏。另一隻像蟲一樣的怪獸貼著地面靠近，噴出了絲把兩隻怪獸都纏住，讓阿明的目標在畫面正中央動彈不得。

就是這一刻了！阿明忘記了先前所有的猶豫不決，心中浮現背得滾瓜爛熟的那一連串瞄準步驟——先讓兩台機器同步，然後設定好速度和頻率，等到那個預備的紅色圓點開始閃，就看準怪獸進入準星的瞬間，同時按下控制桿上那個空白的按鈕和有紅點的按鈕——

忽然警報聲大作，整個控制艙的白燈切換成旋轉個不停的紅色燈光，阿明整個傻了，連忙看倒數時間，明明還有三十分鐘啊？可是再看另一邊小螢幕上，不知何時已有一大塊黃色光點穿過好幾層藍色圓圈，已快要突破最後一個圓抵達中心。

阿明只能放開控制桿，轉身打開扶手上的逃生開關。他忍不住再看一眼大螢幕，怪獸已經掙脫纏絲，跑到了準星外，遠處似乎又有新的怪獸要加入戰鬥，像是有一對大翅膀的金色巨龍。他沒時間多看，只能推開蓋子，雙手用力拉起中間的紅色拉桿。

幾乎是在同一時間，阿明像是往月球飛去一樣地向上彈射，直到他人連椅子一起衝開地板，在他的書桌前全力煞住。驚魂方定的阿明連忙按照緊急標準步驟，打開書桌上的日光燈、拉出檯燈、拉開書架、放上課本、擺好作業簿鉛筆橡皮擦，就在腳步聲來到房間門口停下的那一刻，他才剛完成最後一步要求的直挺挺用功坐姿。

「沒聽到我回來喔。」背後傳來低沉的聲音。

「爸，我……我在做功課，沒聽到耶。」阿明回答，連忙拿起鉛筆要翻開作業本。

「做功課？你剛剛在看電視吧？」阿明的爸爸責問。

「哪～有，」阿明故意拉長了音，「我都在做功課。」

阿明的爸爸轉身走向客廳，打開電視。電視裡傳來怪獸的吼叫聲，激昂的進行曲穿插著日本男人、日本女人焦急的對白。

「又在看那些日本台，看就看還在那邊撒謊。」阿明聽見他爸爸接連按下錄影機按鍵的喀噠聲。「叫你不要亂動你還亂動，講不聽。」

阿明緊張地靠著椅背不敢轉頭，只能豎起耳朵，猜測現在那四隻怪獸打成什麼樣子。忽然電視彷彿爆炸似地「啪沙」一響，隨即就只剩連續不停的「沙沙沙……」聲。這時他才聽見外面的狂風和一波波暴雨打在窗上，幾乎蓋過遠處列車經過的轟隆聲，房子輕微地隨之震動。

「先去洗澡，免得等下停水停電就沒得洗了。」阿明的爸爸說。

「喔。」阿明鬆了口氣，轉身爬下椅子，看見爸爸拿著遙控器對螢幕按個不停，卻只是從一片雜訊跳到另一片雜訊。

「第四台又被吹壞了，沒得看啦。」爸爸咕噥著，關上電視，並按下錄影機上的退出鈕。一捲黑色錄影帶隨著喀噠咖噠的機械聲吐了出來，前端斜斜地貼著一張白標籤，上頭歪七扭八地寫著「怪獸片」三個大字。

DATA FILE.

013

日本の小精靈

TYPE : Kotodama

FORM : Youkai

第一次看到小精靈，好像是看小叮噹的時候看到的。

我每次存夠了零用錢，就會跑去家對面的書攤買一本新的小叮噹。可是每一本小叮噹裡面，在他們五個人講話的泡泡裡，偶爾就會有幾個字好像被東一點、西一點地擦掉，變成一些有點像注音符號的東西。我一直很好奇是誰把這些國字擦成這樣，就跑去問老闆，為什麼漫畫裡面小叮噹講話都會被亂擦，他說，那是小精靈弄的，你晚上爬起來就會看到了。

從此，我開始練習晚上睡覺不閉眼睛，一直盯著那堆漫畫，但每次到最後還是睡著了。直到有一天晚上，已經睡著的我被漫畫堆那邊的聲音吵醒，張開眼一看，上面真的有好幾個小精靈！那些小精靈長得就像小叮噹口袋拿出來的小木偶機器人，比一本漫畫立起來還矮。它們用力把漫畫從兩頭拉開，一個小精靈就跳上漫畫，然後像擦地板一樣跪在上頭用力來回搓，搓一搓就跳下來幫忙翻頁，換另一個小精靈跳上去，周而復始。

我很怕把小精靈嚇走，不只動也不動，連眼睛都半張半瞇地怕被發現，結果一不小心又睡著了。第二天早上起來，本來堆著的漫畫散落四處，我翻開一看，不只小叮噹跟大雄說的話，連那些旁邊咻咻碰碰的聲音，也都變成我看不懂的字了。

後來我發現小精靈不只亂擦我的小叮噹，也偷偷擦了我的動物百科，有些動物圖片旁邊，也冒出了一樣看不懂的字。它們一定也動過我的哥白尼21，照片裡那些參加科學營的小孩，手上的旗子寫的「哥白尼」也被偷偷擦成奇怪的字，但數字21還是一樣。我把小精靈改過的書拿給媽媽看，她看了一眼就說，那些都是從日本來的才會這樣。

日本在哪裡呢？我後來發現日本好像在電視裡。把電視打開一直轉一直轉，最後就會跑到小精靈住的地方。在那裡面，國字幾乎都快要被擦光了，只剩下中間幾個還像是國字，但也少了一些筆劃。我還沒看清楚，字就全不見了，變成好幾個人，明明看起來和我們一樣不是外國人，講的話我卻一句也聽不懂。

不過天天這樣看下去，我還是發現了一個天大的秘密：小精靈每次一定會把「的」擦到變成「の」這個形狀，我可是一看再看才發現的。當我發現這一點，一個小精靈就從電視裡跑了出來，跳到了我的手上。我看到它的身上，就有一個「の」的記號。

每一個小精靈身上都有這樣的記號。有一段時間我手中就只有這個「の」的小精靈，直到電視上忽然出現大恐龍。每次大恐龍出現，日本就會變成黑白色的，然後黑色的大恐龍就會吐白色的煙，把所有的房子車子全部燒壞。我特別注意到，有三個形狀會一直跟著大恐龍跑出來，同時電視裡的人就會說出三個重複的聲音。「ゴ」、「ジ」、「ラ」的聲音就是「哥」、「吉」、「拉」。我就這樣又抓到三個小精靈。

我巴著爸爸求他幫我把錄影帶店裡的日本怪獸錄影帶租回家，然後看了一遍又一遍。我從各種怪獸身上抓到好多個小精靈，可是還有很多躲在電視裡不肯出來。我把抓到的小精靈和它們身上的記號畫在聯絡簿上，可是爸媽看不懂，老師也看不懂。我跟老師說，那都是從日本來的，老師卻跟我說，國語課本上有寫日本人，你自己看看上面怎麼寫的。

課本上寫說，日本人「侮辱」中國人，老師說今天回家這個生詞要寫十遍。日本人很可怕，他們以前都會殺中國人，幸好　先總統蔣公打敗了日本、光復了台灣；所以當我在爸爸公司的聖誕聯歡晚會第一次看到日本人時，其實心裡是有點怕被殺死的。那一個叔叔跟一個阿姨就是日本人了，他們就坐在聖誕樹旁微笑著，看到每個人靠近就站起來深深地敬個禮。爸爸偷偷跟我說，那叫「有禮無體」，然後牽著我走過去打招呼。

爸爸用聽起來就很差的英語跟那兩個叔叔阿姨說，我自己在家看電視就學會日語了，他們一聽張大了眼，但還是保持微笑。爸爸推著我向前，要我打招呼，我緊張、害怕、窘迫地要死，掙脫了爸爸的手就往後跑，背後傳來他們三人的笑聲。

我在辦公室外面的椅子上捲成一團，不知道什麼時候才可以回家。忽然我發現有人出來，趕快乖乖坐好一看，是剛剛的阿姨。我不知道該用國語還是英語說阿姨好，但她已經向我走來，在我面前蹲下，微笑著用國語問我：

「你是不是看到小精靈了？」

我欣喜地望著她，用力地點頭。她拿出一張紙和筆，要我把小精靈的記號畫出來。我把我記得的所有記號一個一個畫好，小精靈們便從紙上浮了出來，乖乖地站好望著阿姨。阿姨把「ㄅ一」這個小精靈腳下的勾勾去掉變成「ㄅ」，那個老是站不穩的小精靈就挺直了腰。

那天晚上阿姨用她那奇妙的國語告訴我很多關於小精靈的故事。小精靈不是來把國字擦掉，它們是在把原本書上蓋掉的日本字重新找出來。她說，以前這裡的書、電視、電影，甚至街上的招牌、公園裡的石碑，到處都有日本字，可是有一天日本字忽然不見了，小精靈才跑出來挖不見的日本字。

「小精靈挖出日本字之後要做什麼？」我問。

「它會在字那裡等你來和它說話，等到你能和它說話，它就可以休息。」

「小精靈這樣做是為什麼呢？好奇怪。」

「嗯嗯。」阿姨微笑著說：「我覺得它是不想就這樣子消失。」

「那樣好可憐喔。那我要怎麼幫它忙？」

「我可以教你把所有的小精靈抓起來，之後你慢慢就可以和它們說話。」

「真的嗎？」

「嗯嗯！」她微笑點著頭。「如果還有時間的話，我就來教你，好不好？」

「好啊！」我說。「可是，為什麼日本字會不見呢？」

「等到你長大之後就知道囉。」她起身對我說：「我先去跟你爸爸說一下。那就，之後再見囉！」

她揮了揮手，轉身走回辦公室。

可是我後來就再也沒看過阿姨了。爸爸告訴我，阿姨第二天就跟叔叔回日本公司了，但她有說我日語很厲害（「日本人講話就是就是這樣假假的啦」，爸爸說），所以送了我一本兒童日語課本。我打開一看，一百個小精靈整整齊齊地站在書上，等著我開口。

「の」，我從我最熟悉的那個小精靈開始呼喚。

在那個年代，我算是很早就開始學日語的小孩。當大家還在那邊の來の去，三台的卡通人物都還在講國語的時候，我已經開始讀那些從紀伊國屋買來的怪獸百科了。只是當我知道得越多，就越來越少看到小精靈，尤其最近幾年日語更普及之後，幾乎一次也沒看過。多數的小精靈應該都已經休息了，不過偶爾經過那些寫著「パチソコ」、「マッサーヅ」而令我發噱的錯字招牌時，我還是會想像著，也許有些還不肯休息的小精靈，依舊在那下頭轉呀轉地，想把寫錯的日本字改回來。

▲「パチンコ」（小鋼珠）在台灣常見的錯誤拼法。
▲「マッサージ」（按摩）在台灣常見的錯誤拼法。

DATA FILE.

014

陸上怪獸警報

TYPE : Tokusatsu
FORM : Kaiju

我從小就覺得空襲警報有種獨特魅力。那彷彿是把空氣中的恐懼整個吸進喇叭，再絕望地對所有人呼喊著，未知的危險要降臨了，我躲不掉了，你們能逃就逃啊。未知的危險是什麼？我們都只能用一些品質很差的科學圖鑑，加上老師刻意嚇唬人的故事湊在一起，趁著躲在地下室避難時，想像世界爆炸毀滅的模樣。但等空襲警報結束，我們陸陸續續回到地面，世界還是沒有毀滅，學校還是可恨地沒有爆炸，滿街依舊是車子擠來擠去，什麼都跟警報響起之前一樣——只有一次例外。

那天的防空演習一如往常，老師宣佈消息後台下立刻響起一片小小的歡呼，接著整隊、全校就避難位置，從警報響起到最後各班排隊離開，整個下午都不用上課了。

只是說，大家都得擠在地下室。地下室平常是鎖著的，只有要我們搬東西，老師才會把我們整班帶下去。下頭總是堆滿雜物，空氣中都是那種混合灰塵和水氣的怪味，而且又悶熱；那時候老師一定會跟大家說那五個字「心靜自然涼」，意思就是叫大家閉嘴，不要在那邊一直問好熱怎麼辦、什麼時候才要結束。所以我們只能在黑暗中一直想像上頭發生了什麼事。不然沒別的事可以做啊！又不能講話、又不能動，就只能蹲在水泥地上，直直看著前面什麼都看不到，那時候不編故事，還能做什麼？

一如往常地，在細微的竊竊私語聲中，空襲警報從遙遠的上方響起，模模糊糊地飄進地下室。當時沒有人知道上面到底變成什麼樣子。我們只能在一片黑暗中任意搬弄自己知道的一切，用盡全力拚命地想——上面真的開始打仗了，天上都是戰鬥機在盤旋，地上都是一台一台頂著大砲的坦克車停在學校圍牆外的馬路上，砲口指著同一個方向，上頭的阿兵哥緊張兮兮地盯著望遠鏡；忽然敵人從海的那頭出現了，飛機坦克就全部一起開砲，發出卡通裡的咻咻咻碰嘎碰嘎聲……

忽然我聽見轟隆一響。太逼真了，我甚至感到地板輕微震動。但我發現那不只是我的想像，黑暗中每個人都在探頭探腦，「哇是炸彈耶！」「你白癡喔是坦克車大砲！」一時間興奮的討論聲充斥黑暗中。

「安靜。」老師喊著，不是平常嫌我們太吵的那種吼，是我從來沒聽過、以後也沒再聽過的，帶著刻意壓抑的顫抖聲，這讓我感到一陣異樣恐懼，而其他同學也感染了這種恐懼，一時鴉雀無聲。又是轟隆一聲，這次震動和聲響都比上一次更強更近了，好像就在我們頭頂。有些同學開始尖叫，有些開始大哭，微弱的光影中我看到所有的老師都站了起來，到處安撫那些哭叫的同學，人影晃啊晃的，同學也蹲在地上晃成一團，但沒有人敢站起來往外跑，因為防空演習從來沒有這種震動，老師也沒先說會這樣，現在好像連老師都不知道發生了什麼事。

又一聲巨響，這次離我們遠了一些，輕微而朦朧。然後，就只剩大家的呼吸聲，還有牆壁裡水流動的聲音。不知過了多久，警報聲再度響起，然後再度像放掉氣似地越嬴越弱，直到它不再是喊叫而是呼氣，然後消失。但沒有一個老師開口，我們也就更不敢動了。不久之後，遠處好像有人下來，跟前面的老師一個一個說話，然後再到我們面前，但故意不讓我們聽清楚，我只看到他走到哪，同學就都站了起來，一班接一班安靜地離開。我們也在老師的指揮下重新兩兩對齊、齊步走，這次沒有人敢亂出聲或偷打旁邊的人，如果這時秩序糾察隊來打分數，應該全校都是第一名吧。

重回地表，陽光刺痛到令人睜不開眼，尤其是小孩子還健康的雙眼。我當時只聽到前面忽然每個人都在喊，「那是什麼？」「好可怕，怎麼會這樣？」我拚了命睜大眼睛，在痛楚和青紅色殘像中，看見老師們一直試圖擋著同學，但大家還是往那方向擠，老師拚了命大吼：「不要亂看！」但每個人都還是往那方向看去——

學校不一樣了。有些樹攔腰折斷了，有面牆塌了一半，地下多了好幾個大坑，那看起來就像是……像是有四根趾頭的大腳爪踩出來的。

那幾年念那間國小的，應該都還記得這件事，只差在記得什麼。第二天老師在課堂上明明白白地講說，那是演習的時候阿兵哥不小心開坦克撞到學校牆壁，還特別警告我們，只要抓到誰跟別人亂講說不是坦克，他保證那個人一定會被處罰到畢業那天。不是這句話可怕，是老師的神情嚇得大家乖乖聽話；那不是兇，連隔壁四班最兇的那個老師都沒那麼可怕，那不自然的表情我現在已經不會形容了……我只記得我們當時都偷偷在傳，老師被惡魔黨洗腦了，所以才會變那麼恐怖。

在老師那樣講之前，學校裡所有同學本來都在討論踩過去的是什麼東西，還有人發明了什麼怪獸拳、恐龍戰鬥遊戲的，下課亂玩一氣。但自從老師不准大家討論之後，大家就不敢再玩了，慢慢也都覺得是阿兵哥開坦克撞壞學校。後來樹重種了、牆壁補好了、坑也填平了、畢業過太久了，同學會上談起這件事，大家也只是把它當作童年趣事而已。

但我很確定絕對不是坦克，我親眼看到了，而且記得一清二楚。那些坑，每一個都是四隻腳趾的形狀。即便過這麼多年後，只要閉上眼睛，我都還能看見那些殘骸斷枝構成的足跡輪廓。等我再大一點，終於有空開始查功課以外的資料，才發現那一年發生的事情竟然完全沒有任何新聞記載，連類似「演習時坦克撞到學校」的新聞都沒有。

我後來忍不住又查了下去……直到查東西變成我這輩子的工作。其實也繞了一大圈，從家裡要我考的甲組，轉考商科再進報社當到採訪組長。當記者之後，我查的都是跟這沒關的事，而且在採訪調查中，實在見過太多和我以前一樣的人，老是堅持他們看過的那一眼才是真相，但往往多問幾句，就會發現那些全是自相矛盾的錯覺，跟我們小時候躲在地下室一樣，什麼也沒看到就在那邊幻想。

後來也會懷疑，搞不好以前那些也是我在胡思亂想，要是當初念個生物還是心理學之類的搞不好就清楚了，但以前哪有機會給小孩決定大學念什麼啊。唉，以後小孩愛念什麼就讓他去念吧，不要花太多錢就好。只是也不放心他以後會想念什麼，整天在那邊看電視，講也不聽。但就在有一次我要去關他電視的時候，我注意到他當時在看的那個什麼國產怪獸片，正好拍到一隻怪獸的腳要踩下來，差點壓到男女主角；當那隻腳抬起，腳印的形狀瞬間喚醒了我的記憶——四個腳趾的大坑，形狀就跟我小時候看到的一模一樣！

我跟影劇組那邊打聽那種十幾年前的國產怪獸片，但他們跟我說，近幾年電影越來越不景氣，那些拍過怪獸片的公司早就倒得差不多了，大多數人也早就離開圈子，就算有名字，想找也找不到。本來我都想放棄了，沒想到有個專跑日本電影的記者卻順口跟我提了件事：如果是這種怪獸電影的話，其實有些是找日本特技專家來指導的，只是當時台日斷交，誰都不想跟日本人扯上太多關係，所以往往用的是化名。我看了看舊廣告上那部片的劇組名單，特效指導谷英仁，是外省人還是日本人？我也只是順口好玩考考小孩，沒想到他卻跟我說，沒有什麼谷英仁，怪獸百科上寫的只有日本特攝監督，大谷英一。

我跟報社上上下下打理了半天，才弄到一個機會去日本，「順便」託那位跑日本影劇的記者翻譯，採訪這位已經退休的特效指導。原本用那種日本脾氣在那邊跟我左右迂迴的大谷先生，在聽了我自己都半信半疑的童年記憶後，反而神情大變，又彷彿帶著些許欣喜地，一口氣把整個來龍去脈都一五一十地解釋清楚：

生於商人之家的大谷英一，從小就對精巧的機械玩具充滿興趣。無窮的想像力促使他把整個童年時光，都拿來設計並打造各種小巧的機關模型。這樣的他，在看到了美國雷電華的電影《金剛》後，便萌生了用電影技藝讓心中夢想畫面栩栩如生的志願。如願加入電影劇組後，他不僅工作認真，離開了片廠也不肯放鬆，幾乎都在和同僚一起研究各種電影特效的新方法。大谷在各種時代劇、神話劇裡展現的影像魔法，很快就在業界流傳開來，但就在他終於有機會獨當一部電影時，戰爭爆發了。日本陸軍看上了他的創造力，委託他所屬的電影公司拍攝帝國所需的戰爭宣傳影片。在空襲警報的音效響起、畫面中奔跑的軍人各就定位後，就輪到大谷導演的好戲上場——各種戰機駁火、軍港爆破、潛艇伏擊、艦隊巡弋，沒有一幕不像是真實場景。

隨著太平洋戰事爆發，他和整個劇組都被動員到較為隱密的台灣，繼續為毫不知情的國民打造皇軍一次又一次的大捷。但隨著台灣也被捲進戰火，他終於開始察覺到，這種作出來的勝利，迎接的終究只會是失敗，這並不是他想要創造的景像。只是要遠離這景像，還有長而迂迴的離奇之路要走，而那其中就包含了我小時候的古怪記憶。

戰敗歸國後，像他這樣大力協助過日軍宣傳的人，在美軍的禁令下根本無法回到電影業，正當窮困潦倒時，透過重重牽線，大谷居然被國民政府找上了。失去半壁江山的國民政府，正亟於接收日本留下的各種資源以重振旗鼓，包括失去一切的日本軍人、技術人員，尤其在徹底敗給共產黨的宣傳這塊，擅長戰爭特效的大谷更是不可多得的人才。對大谷來說，回到台灣是他最後的一線生機，甚至在那之中，他彷彿還看到了實現自身願望的一線曙光。

然而一開始大谷還是只能重操舊業，把舊片廠裡殘存的零式戰鬥機改成國軍不同戰役的各路雜牌戰機，讓中華民國空軍在電影中一場又一場地擊敗大谷自己的母國。但虛構的勝仗只會讓實質上毫無進展的國民政府胃口更大，它開始要求大谷在電影中重現更大規模的會戰、更激烈的突襲、更慘烈的砲火，來向全體國民展現他們在舊河山的英勇悲壯。臨界點緩慢地在數十年後來到——就在國民開始質疑政府的偉大、觀眾因新鮮娛樂埋怨起宣教的乏味、中日關係因中共而緊繃、特攝的逼真感因成本而無法再突破，且大谷也認清自己的夢想在政府之下只會越來越遙遠的那個時間點。得知日本某電視台招攬自己回國拍攝新興SF電視劇，大谷決定賭上最後一把，向長期合作的國防部提出自己的夢想——讓他離開前拍最後一部電影，一部比《金剛》還要更栩栩如生的怪獸片。

拍攝怪獸片的念頭，早在戰末美軍轟炸台灣，大谷躲在防空洞裡認清戰爭宣傳片已遠離真實的時候，就已經確立了。這些年來在國民政府底下，他也不認為自己有這機會，單純是碰碰運氣罷了。沒想到，或許因為獨裁者對大怪獸總是有著心理投射，這部同時宣揚民族精神、對抗邪惡共匪、強調國軍英勇犧牲的怪獸片，居然直接獲得首肯，得以開始拍攝。這部稱作《原子龍王》的電影，描述因原子彈試爆而意外誕生的巨大怪龍，原本不甘心被人類所控制而在台北街頭大鬧，但當真正邪惡的共匪大軍從海的那一頭大舉入侵時，牠瞬時領悟了沒有國哪有家的道理，而化身盟友擊退共匪的陸海空三軍，還一口氣協助全民同胞直搗魔窟，光復了舊河山。全片不僅有當時一流明星卡司，國軍也奉命動員協助拍攝；仗著此一氣勢，大谷提出了他所謂「日後怎麼想都覺得不應如此」的史上最大企劃——實際在台北街頭拍攝怪獸破壞都市的真實場面。

到這邊我心裡慢慢有底了，而大谷監督也證實了我的想法。利用定期防空演習的名義，大谷在軍警管制下，得以自由使用空蕩蕩的台北街頭拍攝。大谷的計畫是，利用真實場景拍攝最需逼真效果的段落——男主女角在街頭因理想不同而爭執，但龍王突然出現在眼前，狂奔的兩人幾乎要被大腳踏扁，幸好男主角奮力抱著女主角逃出龍王腳底下而萌生情愫的那一幕。大谷的班底花了數月打造出一對真實大小的龍王腳掌，動用數台起重機吊掛操控；整個操演流程早在數週前就已反覆練習過，前置作業也在數日前就於現場進行，關鍵的腳掌經過大谷本人反覆檢查，也順利地跟著抵達現場；但不巧政府多位要人偏偏在演習前特地蒞臨，表達關心以及各種意見參考，而軍方則以一些機密為由重新規定了拍攝範圍，大谷即便極度不滿，也只能勉強地在嚴重拖延的時程表中更動現場，讓這場戲改在某小學校旁邊開拍。

大谷還記得，即便重重阻擾，大谷組還是在表定時間開拍。然而小學附近地基不夠穩固，起重機舉起龍王腳掌時嚴重傾斜，落地時整個砸進校園內。雖然幸運地無人傷亡，但這不管從國軍形象、政府威信或中日邦交來看不是什麼光彩的事，這部原訂氣勢磅礴的大怪獸映畫瞬間失去奧援，最終經過一番擱置後，只能草草剪成一部比日本電影斜陽期還低廉的半調子怪獸片了事。加上中日正式斷交，清除日本精神、抹去日本痕跡成為文化要策，大谷的名字也硬是被改成谷英仁，出現在片頭不顯眼處成了特效指導。大谷此時也只能黯然離台，反倒在日本興起的電視特攝節目中略有發揮。

我不知道要怎麼形容聽完大谷先生的故事後，那種過往疑惑都一一解開的釋然。答應大谷先生不公開這故事雖然有些可惜，但能解開那年的謎團，並證明自己所見並非錯覺，就已經值得了。

離開前，我還和大谷監督提及家裡小孩愛看怪獸片一事，還開玩笑地說也許未來可以來日本拜師學特攝。但大谷監督卻語氣嚴肅地回答：

「令郎在台灣或許更能拍出優秀的怪獸映畫。畢竟我夢想中真正的怪獸，其實是來自台灣。」

我本來以為大谷監督是委婉地給我碰個軟釘子，但他又說：「這是真心話。若您答應保密，便可以再跟您解釋我執著於怪獸片的真正理由。」

我忍不住點點頭，請他繼續講下去。

「栩栩如生地拍攝確實是我最初之目標，但在台灣一次所見所聞，使我堅信自己絕對要拍出比《金剛》更真實的怪獸映畫。某次米軍空襲期間，與組員一同避難的我在防空壕內聽見巨大的足音，抖森！抖森！地，從頭頂走過。十分確信地，那絕對不是爆擊音，而是活物；我顧不住爆擊危險跑到地面，那時我確實看見了，當我就站在警笛之下的時候——整個城市燒了起來，沒有一棟房子完整如初；地上有著一個接一個的大穴直直向前延伸，就在那頭——有個巨大的影子，比房子還要高的背影，就那樣朝火焰和濃煙中鑽了進去，那絕對不是錯覺，是活物——但從此便再也沒見過了。從那時開始，重現那活物栩栩如生的模樣，便成我今生最重要之事……」

EPISODE : 4
寶島怪獸
殲滅戰

DATA FILE.

015

怪獸大對決
裝甲獸vs突變海龍

TYPE : Self-defender
FORM : Plural Kaiju

林少校望著大街上斜行的裝甲獸。

牠胡亂甩著一對巨螯，把大樓左刮一層右刨一塊，四對節肢來回踩過車輛和行道樹，彷彿路都走不好的醉漢；但只要噸位到了那種等級，加上那些突出的尖棘，即便東倒西歪的步伐，也是一道道極具破壞力的直線衝擊。沒兩下，一棟五層的舊大樓就被牠撞成一攤瓦礫。牠搖晃著倒退出來，又一股腦撞進後頭的商業大樓。

畫面切回黑幕和螢光符號構成的示意圖。不這麼切換，她有時真會忘記自己還在作戰指揮室。綠線構成的城市街道上，裝甲獸變成一亮一滅的紅點，像鴨子潛水一樣在意想不到的位置重新浮現。另一頭，還有另一個一亮一滅的黃點，正穩定循著一條直線，朝紅點前進。

就這樣直直往前走吧，少校心想。突然嗶嗶兩聲打斷，眼前紅燈點滅著，她拿起話筒。

「什麼事？」

「生物研究室來電，有急事報告。」聯絡官回報。

聽到那五個字，少校握緊了拳，讓自己的情緒跟著掐在裡頭，然後放開。

「好。」

話筒先是一響，然後就聽到黃博志著急的聲音，「依庭，就跟我想的一樣！問題真的就在那些毒性，我已經找到辦法來中和那些毒性了，現在只要幫我製造一個空檔……」

「博志，現在不應該打來。」少校冷靜回答。「作戰正在執行中，有事之後再談。」

話筒那頭愣了一下。「可是那種作戰又沒有解決問題，現在我終於確認真正的問題就在這……」

「指揮部已經跟渡邊博士討論過了，結論就是讓牠們對決。」

「他在日本哪知道這些！重點是，已經知道對的方法卻不去做，妳這樣不是很奇怪嗎？我都已經跟妳說……」

「什麼都你對是很了不起嗎？」少校大吼，然後想起自己還在作戰室。各崗位的戰鬥人員反射地抬起頭，隨即轉回各自的螢幕前。

少校望著一亮一滅的黃點和紅點快要疊在一起，立刻冷靜下來。

「博志，已經來不及了。我沒辦法跟你講了，感謝你告知。」她掛上話筒，螢幕已切換至現場畫面，兩個身影正在兩側面朝著面。

「突變海龍距離裝甲獸六百公尺，減速持續靠近。」

她對著作戰室下令：「全體警戒！」

醉醺醺的裝甲獸一察覺到突變海龍，忽然就清醒過來，原地豎直了上半身，向前舉著雙螯示威，全身的尖棘像響尾蛇尾巴一樣抖著，發出上萬台引擎同時點火般的聲音。另一頭緩緩靠近的突變海龍，乍看跟老電影裡那種直立恐龍沒兩樣，但該長眼睛的地方只有一對角狀突起，該長前肢的地方什麼也沒，腳也只是像土丘那樣一大塊，蠕動著向前——但那樣平緩的移動，反倒把地表的一切都徹徹底底輾平過去。

裝甲獸停止了顫抖，四對節肢同時動了起來，發出一陣割破空氣的尖吼，直直朝突變海龍衝去，雙螯瞬間刺進突變海龍胸前，從牠背後沾著深綠色的液體貫穿出去。突變海龍像是沒有痛覺一樣，退也沒退一步，反而從兩側變形——原本像恐龍的形狀越拉越薄，從左右包住裝甲獸，連原本的恐龍頭都變成扁平一片，對著裝甲獸的頭頂下起酸雨，黃色的煙霧從這薄膜的間隙冒出。從那縫隙還可以看到裝甲獸的四對節肢仍在奮力往前，卻像陷入泥沼，連貫穿突變海龍背部的雙螯，也被薄膜重新包了起來，整個街道陷入一片腐蝕性的黃色朦朧中。

「不要讓監視器沾到。」少校說。

「拉高監視器！」馬上有人大喊。

「隨時準備重新回到定位。」少校下了指令，看見不再變化的霧又切換為示意圖。

視線暫時離開螢幕，少校心想，到底是怎麼變成現在這樣的呢？其實博志和剛認識時相比並沒有變多少，還是那個在作戰實驗室裡拚命研究怪獸生理機能的年輕研究員，講話也還是跟以前一樣討厭。明明大家都在努力研發擊殺怪獸的生化武器，他卻總是唱反調，說什麼怪獸只是體內有毒物，中和毒性才是人類和怪獸真正的相處之道……

多年來始終待在同個地方卡在一樣的問題上，這算是他應得的，但不是他想要的。他希望有人接受他，那時她恰巧出現了。當時她才剛加入作戰室，在與各種怪獸的困戰中期許自己帶來突破。他們一見面就聊了好久好久的怪獸——少校說起她還是官校生時，第一次擊倒摩托車大的鐮刀蟲；或是整個排在南部漁村被直立水母群包圍，撐了三天才殺出重圍；她殲滅的怪獸越多，下一回要迎戰的怪獸就越大越兇猛，卻也一再激發她的鬥志，讓她以驚人速度晉昇，直到她不得不隔著螢幕，指揮各種武器面對史上最大級的新怪獸——全身重裝的擬似甲殼類生物「裝甲獸」。

但就在針對裝甲獸的包夾一步步就位時，忽然就冒出了這隻從來沒聽過的「突變海龍」，慢慢吞吞地，沒那麼大威脅，可是裝甲獸一感應到突變海龍的存在就整個變了，在城市裡歪歪倒倒地，像是昏了頭一樣亂撞一氣。

博志的故事夾雜了一堆專有名詞而有些難懂，但在少校聽來依舊迷人——從小著迷於野生動物但不肯乖乖用功的他，終於在怪獸大量發生後找到他的世界。他對未知生物有種特殊天分，當同事面對剛送來的新怪獸屍骸，忙著比對舊檔案卻毫無頭緒時，他總是能直覺地從結構中分辨各種組織、器官和系統，並找出怪獸生理上的弱點。但剖析的怪獸越多，他就越忍不住懷疑，這樣純粹的資料累積真能帶來最終勝利嗎？又或者，難道只有勝利才是人類對怪獸唯一的未來？少校從來沒有認識一個人像博志這樣思考，但也許就因為這一點，注定了會變成現在這樣。

「長官，有動靜了！」

她抬起頭，螢幕上逐漸散開的黃霧中，突變海龍變形的薄膜已被兩隻突出的螯扯到最緊繃，中間逐漸出現裂痕，瞬間分成兩半，露出了破損不堪的裝甲獸。裝甲獸像在剝下過緊的衣物一樣用力亂甩雙螯，直到兩端脫出，接著雙螯便直直往下猛戳猛剪、邊剪邊甩，突變海龍的碎片像火山噴發似地以裝甲獸為中心向外飛濺，還差點打中空中的監視器。

「贏的一方就是我們的敵人。」少校說。「全線預備，目標裝甲獸！」

各單位陸續回報準備開火。「抓準時機一口氣出全力，不用保留。」少校指示。

「裝甲獸動作減緩！」

「就是現在！」少校喊。「開火！」

趁著怪獸互鬥時悄悄圍起的火網一齊爆發。「持續射擊，不要給牠防禦的機會」，少校說，「甲殼的再生不會等你們。」她想起博志這樣提醒過她。

火球和黑煙在震耳欲聾的爆炸聲中取代了白霧，緩緩向上膨脹消散。所有人全神貫注盯著自己的螢幕，不發一語。從空中看著四處燃燒的市中心，少校心想，雖然作戰成功，但要保護的城市也壞得差不多了，恐怕只能蓋新的，而且那些殘留的毒物還不知能不能清乾淨呢。但那已經不是她的責任了，應該輪到博志來清理善後。

我處理他善後，依庭想，以前還真的都這樣呢。她也記得，以前自己常常一股腦地抱怨那些作戰室的大小事，雖然博志不在場，但他總是可以提出一些她沒注意到的結構和細節，以解析她的問題——雖然有時直白得令她惱怒。他自己也常抱怨實驗室同儕的排擠和長官的忽視，但她也只能用她一貫為部隊打氣的方式來安慰他。依庭記得，那時博志對怪獸的生成提出了大膽的見解：

「我真不懂他們幹麼那麼堅持毒物影響怪獸的方式就只有那麼一種。對，我知道過去那些化工業留下太多毒物，然後普通生物接觸到毒物，然後牠們會變成怪獸；可是那些人就只覺得，沒救了，再也回不去了！搞到整個部隊的戰略戰術，就只有那一套而已。」

「戰術沒你講的那麼簡單。」依庭記得當時她躺在博志旁邊，不服氣地回嘴。

「我只是比喻啦。我的意思是說，普通生物因為毒物變成怪獸，這大家都知道，連小學課本都會教，但那過程從來沒講清楚，而且重點是，不一定完全沒辦法逆轉。」

「怎麼可能？」

「這樣講吧；最近怪獸越來越大了，你應該也有發覺吧？怪獸體形越來越大，越來越難打，像上次那個飛天妖，快要跟運輸機一樣大了，還邊飛邊放殺人音波……可是我最近解剖幾個特大的怪獸，卻發覺怪獸的『本體』其實沒變大多少，只是外部增生的變異越來越龐大。」

「我聽不懂你說什麼耶。」

「比如說好了，比如說上次那個多爪觸手……你們作戰部亂叫什麼『淫獸』的那隻。我在你們幹掉牠之後去調查殘骸，卻發現找到的組織幾乎都跟觸手差不多，簡直就像是全部都由觸手構成的一樣，從裡到外都是。至於本體，早就被你們打爛了，但這代表牠在體內的範圍其實不大。」

「沒辦法啊。」依庭沒好氣地說。「可是就算那樣，那個本體在裡面應該早就突變了吧。」

「這我不知道。但我就會想說，如果能夠找到那個『本體』，也許就可以直接針對那裡頭的毒性，來從根本解決怪獸產生的問題，可是每次作戰結束後要找到完整的本體都很難……」

「不然能怎辦？」依庭記得，當時她最討厭就是講到這些。「你實際上來打打看怪獸，看你能不能打贏還送一隻完整的怪獸給我。」

「我只是提出一種可能可以徹底解決問題的方法，但現在你們這樣搞根本沒有機會。」

「你以為我喜歡這樣搞啊！」依庭忍不住起身。「可是怪獸就是一直來一直來，我就是要去保護大家、保護你在這邊說空話啊！」

「……什麼叫空話？喂，妳剛剛說什麼叫空話？」

依庭坐在床邊，決定以後不再聽也不再說，就自己把事情做好。

暫時就這樣完了，少校看著螢幕心想。然後準備下一場不知什麼時候又要開始的作戰，然後下一場，看不出什麼時候會結束。如果能來一個徹底的了結該有多好……

「長官！」夾雜在驚呼聲中的喊叫讓少校回過神。「目、目標還在，開始向北移動！」

「叫他們快退！快退！」少校想起剛剛下的指令，忍不住大喊。

「目標朝北，立即撤退。請回答。請回答。」在通信平淡的聲音中，所有人看著螢幕上，踩過北方防線的裝甲獸變得比攻擊前更龐大、更畸形，而且尖棘更鋒利了。

少校來回踱著步，指節摳到要破皮流血，此時螢幕上傳來更清晰的畫面：猛烈砲火攻擊後的的新生甲殼只剩下幾個未癒合處，為此所有部隊都已嚴禁開火。然而，這只是延後了裝甲獸完整癒合的時間而已，甲殼再生之快是絕對不等人的——而這還是她自己告誡大家的呢。

忽然作戰室一角傳出嗶嗶兩聲，「作戰中打來是違反禁令的，不管怎樣你都沒有特權……」聯絡官正要結束通話，依庭自己卻按下了按鈕，拿起話筒。

「你在哪？」依庭問。聯絡官看了一眼低下頭。

「我在剛剛那邊清理，用我……剛剛說的那個發現實地試試看。」博志猶豫地回答。

「還順利吧？」

「我之前早就跟你說過……嗯，沒事。沒問題，我們發現了突變海龍是怎麼來的——是一種軟體動物。初步看起來這符合我說的模式，但又稍稍不一樣。牠吸收海邊發電廠排放的毒素排不出去，只好不停地擴張體形，來稀釋毒素在體內的效應，真沒想到怪獸居然可以用這種方式來適應環境。我老早就一直……呃……你，你還好吧？」

「還可以。跟以前一樣，打了又打，還是打不完。」依庭苦笑。「所以……」

「要是我早點弄清楚就不用這麼辛苦了。」

「沒關係，還是有機會的。」依庭說。螢幕上點滅的紅點持續向北，朝海那條藍線靠近。「下次還是一起……」

「怎麼會這樣？」話筒裡忽然傳來大喊。

「博志，怎麼了？沒事吧？」依庭連忙問。

「全都活過來了！那些碎片全部都活過來了！」少校聽見話筒裡傳來無數細碎的聲音。

「你快點離開那邊！」

「……牠們已經離開了。」話筒那頭只剩博志的聲音。「好快，全部往裝甲獸的方向。」

此時依庭忽然感受到一股久違的心情重新浮現。

「博志，把剩下所有藥劑全部收集起來，立刻送到北海防線上。」

「你確定？」博志的疑問帶著欣喜。

「這是命令。該你自己到前線了，我會在後頭幫你。」

作戰室重新動了起來。螢幕上裝甲獸正逐漸接近北海防線射程，忽然一道暗青色的河流從背後捲向牠，順著牠的節肢攀上背甲，再攀上牠的尖棘，直到牠像在城市裡一樣被突變海龍變形包住。只是這次不管牠的雙螯怎樣揮都碰不到對手，不管再怎麼衝撞、翻甩，那條小小海龍匯聚的河流還是重新撲上去纏住牠、包緊牠。

「藥物抵達防線！特殊小組正在填裝彈頭！」通信大喊。

「太好了。博志，只要把彈頭打進去就可以了嗎？」少校接著話筒問。

「沒錯，可是現在的問題是，裝甲獸動成這樣，根本沒辦法打中啊！而且我之前講過，牠全身都是甲殼，實際上我也不知道該打哪一個點……」

「現場就是要你自己看著辦，你沒問題的。」她彷彿有些溫柔地說。「你把缺口指出來就叫他們射擊，他們都是專業的士兵，你要相信他們會辦到。」

「我知道了。」博志說。「原來作戰是這樣啊。」

「我早就跟你說過了。」

話筒那頭沉默了片刻。

「……辛苦你了，依庭。」

忽然作戰室每個人都驚呼了起來。在眾多小突變海龍的密集侵蝕和來回鑽咬下，裝甲獸看似堅固的甲殼居然像冰山一樣整塊整塊地崩落。

「博志，你看到了嗎？」依庭問。

「看到了！你絕對想不到裡面會是這東西！」話筒裡博志興奮地說，並對著另一頭大喊，「就是那個地方！打牠！」

一道細細的白煙從螢幕外飛進來，打在裝甲獸從依庭這頭看不見的胸口。然後整個裝甲獸就這樣倒下、崩解，一大片白雲向監視器竄來。

「提高監視器高度。」監視官下令。

「不，往下降。」

監視官訝異地看著少校。

「直直往裡面去。」她下令。

螢幕上，畫面飛進雲裡一直向前，直到雲散去，露出幾個人站在碎裂的甲殼間，中間那人抱著什麼。

「飛到他面前。」少校指示。

越來越靠近的畫面裡，幾個大兵興奮地對著監視器揮手振拳，放聲歡呼。博志站在中間，雙手抱著一隻普通大小的甲殼蟲，從腹部到胸口一道深刻的裂痕，正快速地痊癒著。

「妳看到了嗎？是健康的個體喔，癒合得好快呢。」隔著螢幕，博志興奮地看著依庭，臉上滿是依庭剛認識博志時的意氣風發。背後，無數的小海龍正歡欣鼓舞地融入海岸線。

「我都看到了。辛苦你了，博志。」依庭笑了。

DATA FILE.

016

蔣公銅像反攻全台

TYPE : Gargoyle
FORM : Chiang Kai-shek

以前大家都有聽過關於蔣公銅像的校園鬼故事吧？有的說銅像會偷偷眨眼睛、蔣公銅像會笑，連到大學都還有人在說，蔣公騎馬的銅像半夜會換腳——沒辦法，偉大領袖無處不在嘛。

只是說，如果那時候我們有誰再大膽一點去看仔細，或許就不會落到現在這種地步。

回想起來，是不是當初到處立銅像的時候，就已種下了日後災難的種子呢？如果是的話，那潛伏期未免也太長了。但這麼長一段時間內，只要有誰去好奇一下銅像裡面裝了什麼，也許事情就不一樣了……但，以前誰敢亂碰偉大的領袖、尊敬的校長啊？碰了就是討打——唉，其實到了這最後一刻，情況還是差不多啊。

搞不好很久以前，就有人像現在這樣突然被蔣公銅像吃掉，但就算有人看到還活下來，應該也不敢到處亂講吧。至少到了科學昌明的本世紀初，事情的開端便是這樣，從有人疑似被吃掉開始。

最早只有一些零星的案例，有民眾報案說地上有不知是貓還是狗的血跡，但就只有一攤血，其他什麼都沒。事發地點都是那種一般人晚上不會逗留的老公園，就算真的是人血，大概也是那種無親無故的流浪漢，因此沒特別引起大眾注意。

大家開始關心這件事，是從那些想拆銅像的人失蹤開始的。在網路上偷偷相約、說好半夜去潑漆、拉倒蔣公銅像的人，第二天再也沒回來。敏感的消息在已緊繃的政治對立面火上加油，第二次白色恐怖的謠言四起，執政黨堅決否認，反稱是反對黨的自導自演，要那些假裝失蹤的人不要再作戲，趕快出來工作不要宅在家裡。事件依循著慣例：誇大的報導、瘋狂的轉載、憤怒的留言、煽動的名嘴、趕時間的網路寫手、各自賣弄的理論，然後就輪到最受歡迎的談話節目扯起世界各地的假超自然事件，說這極有可能是外星人綁架地球人的真實案件，還扯起蔣公銅像和世界各地巨大石像之間不可告人的神祕連結。

出乎我們的意料外，這次居然談話節目說對了——至少比其他人對那麼一點點。

第一個確切的攻擊事件發生在正式拆除行動中。當台南市政府企圖在正反方對罵與各家SNG連線中拆除公園內的蔣公銅像時，在眾目睽睽下，銅像不只眨眼睛、笑了一下，還抓起兩個拆除工，面對面砸爛他們的頭顱。慘況被散落一地的攝影機傳送給全台灣——一片尖叫聲中，在逃竄人群的後方，蔣公跳下寫著他遺囑的台座，微笑越撐越大，直到整個下巴像脫臼一樣，才從裡面伸出內臟，嚼起那兩具屍體。

第一批到場的警察根本搞不清楚狀況——畢竟這是前所未有的狀況，他們粗心大意地抵達現場，發現自己遇到的不是人類卻為時已晚，銅製的外殼根本不甩他們的對空鳴槍和實彈射擊，兩名員警當場斃命。那天台南陷入一片騷亂，軍車在大街上急馳，民眾驚慌地躲進屋內、一扇扇鐵門拉下；直到第二天新聞才公佈，八軍團出動反甲連，打了三發六六火箭彈，才讓那尊銅像停止動作。

剛擊倒的未確認生物立即被送到國內最尖端實驗室檢驗的這種劇情不可能發生在台灣，還不到第二天，民眾就聽見台南上空各種呼嘯聲來回，軍事迷目睹一架架罕見的美國軍機陸續降落台南機場，很迅速地接管了銅像。儘管中國提出強烈譴責，但一般民眾對於美國出手擺平一切混亂並順便讓中國跳腳一事，私下多半樂見其成。

關於這具「蔣一號」（美方後來的稱呼）的一些情報，很不幸地要等到災難全面爆發，才從美國洩漏回台灣。美方研究人員在重武力戒備下剖開銅像，發現裡面早就被肉質填滿，但與現存的任何生物都沒有相似之處。研究人員只能從初步的解剖中判斷，這種生物在銅像內成長，並把銅像化為可再生的外殼組織，同時將攝食的肉體化為內部組織；至於為什麼它要躲在蔣公銅像，以及它如何、什麼時候開始躲進蔣公銅像，很不幸地，即便是由我們親身付出慘痛代價，還是沒有什麼頭緒。

台南的慘劇至少讓朝野各界有了共識，那就是，蔣公銅像非拆不可。有鑑於先前的死傷，拆除工作只敢採取遠距離攻擊。於是那陣子到處都可以看到軍車來來去去，荷槍實彈扛火箭筒的阿兵哥出現在平常最少出現的地方——小學、國中、高中、大學、各市立縣立圖書館及分館，在適當距離外建起簡易防線，然後不管在室內還是室外，反正就是開火，打到銅像被打歪打倒打破了都沒有反應為止。

大多數只是虛驚一場（並造成各地大小不一的損害），少數地方確實有些斬獲，整體而言就是一場災難。後來幾個倖存者的描述都大同小異——少數幾尊銅像，也許是觸動了裡面的什麼警覺神經，還是刺激產生了什麼變化，銅像的破口裡忽然散出幾百條蟲往外竄，鑽進防線後阿兵哥的體內，真的是有洞就鑽。倖存者的證言只到這邊維持精神正常，接下來只剩監視畫面還有膽拍下去：那些被鑽進去的阿兵哥像是從裡面被活活吃掉似地抽搐後，開始像銅像一樣古怪地動了起來，而且是不要命地狂奔，拚死也要找暗處鑽，等到增援部隊抵達時，它們早就消失在各個縫隙中，只留下地上幾攤血跡，如同一開始的目擊事件。

從那天晚上開始，那些東西——如今也只好繼續叫「蔣公」了——展現出驚人的生命力，每個活著的台灣人都將深刻地記在心頭。它們用攝食到的物質，替自己複製出一套光頭穿中山裝的外殼，一成熟便從暗處襲來。它們帶著燦笑捕捉驚慌逃難的民眾，吃飽了就改用活人來繁殖，那些被寄生的民眾一邊被吃掉原本的肉體，一邊拚了命為宿主尋找新外殼，沒過多久，便長成一尊新的蔣公。

不到一星期，全台灣的警力要不殉職，要不已成為新生的蔣公，轉頭捕捉原本要保護的民眾。國軍雖然擁有各種足以貫穿銅甲的武器，但「內鬼」早就潛伏在各支部隊中——稍微「高司」一點的軍事機關，哪邊沒有蔣公的身影潛伏呢？許多部隊早在開戰前就已銅像化，互相纏鬥下來，存活的部隊所剩無幾。自認有辦法的人想早一步抵達機場，卻發現和眾多有志一同的逃難者困在地上——美軍的戰鬥機持續在上空盤旋，阻止任何飛機離開跑道。

整個台灣就這樣被封鎖了。原本為了「蔣一號」的歸屬而對立的美中，如今也有了兩個共識：第一，目前不能讓任何一尊蔣公離開台灣；第二，必須要讓蔣公在台灣持續複製，等到達到數量上限（也就是我們全變成蔣公）之後，再來討論這種全新生命體未來可能的分配與利用方式。畢竟這種輕武器打不穿，還會自動修補複製的非人有機戰鬥單位，要是能徹底控制，在戰場上可不得了啊。

所以我們現在的處境就變成這樣了。沒有電影那種全身爛光光、左搖右擺、鬼吼鬼叫的殭屍大軍，我們每天看到的就只有無數的蔣公，神貌慈祥雍容，神態挺拔舒適（偶爾參雜著騎著馬，或者身高超過三米以上的奇行種），穿著他生前最喜愛、刀槍不入的中山裝，一樣的光頭、一樣的微笑，笑到我們心裡發寒。我們最後這一小群倖存者，跟著少數沒喪命的阿兵哥，帶著僅剩的幾枚火箭彈和輕武器躲藏在市郊山區，像老鼠一樣趁著蔣公不在時進城搜刮一點食物。即便遠離那些微笑，美國的無人監視機仍在我們頭頂盤旋，但它們只是看著，等著我們全部被咬爛，或變成島上的最後幾尊蔣公。

直到有一天，我們從隱藏處爬出，遠遠觀察城鎮那頭有無動靜，卻發現望遠鏡裡的每尊蔣公都不動了。我們又觀察了三天，才小心翼翼地，從另一遠處發射一枚火箭彈。一尊蔣公像布娃娃一樣爆開碎裂，其他還是動也不動。我們又等了一天，然後依照我們膽子大小的順序，一個接一個、一群又一群地走進城市。在極度緊繃中我反而浮現某種夢境感，好像走在慈湖和台北重疊成的廢棄遊樂園，滿街都是靜止不動的蔣公銅像，維持在行走、跑步、爬行的姿勢；有些四腳著地正啃食著地上的屍塊，有些還趴在窗戶、鐵絲網上，也有些蔣公正在互相搏鬥，雙方都張大了嘴準備對彼此的脖子咬下。一開始我們還小心翼翼，聽到一點聲響就後退，但一陣子之後，我們只覺得這些銅像擋在街上妨礙我們行進，那幾個工兵群的甚至弄了台推土機，沿著街把它們往兩邊推掉。

第一件要事當然是找網路。我們開始試著連結被強迫離線的世界，搜尋各種關於蔣公的情報。我們有太多事情想要問——它們到底是什麼？是來自外星的生命，還是長久以來沉睡島上的未知物種？為什麼是蔣公銅像？是第一隻寄生的物種始祖，誤以為這種有著堅硬外殼的人形，是島上的優勢支配者，還是銅像碰巧提供這種生物順利成長的金屬外殼和陰暗空洞？它們到底在蔣公銅像裡躲了多少年，為什麼現在突然那麼兇暴地醒來，而又是什麼讓牠們一瞬間全都停止動作？是像電影《世界大戰》那樣，微不足道的細菌殺死了外星侵略者，還是從牠們從我們同胞血肉中掠奪來的各種有害毒物，終究破壞了自身脆弱不堪的生理機制？還是說，已經無人管理的核電廠外洩出放射能物質殺死了牠們，而好不容易能自由呼吸的我們，其實在落塵下也沒剩多少日子？還有最重要的（雖然很多倖存者覺得一點也不重要），我們小時候說蔣公銅像會眨眼，那到底是小時候的錯覺，或者真的是這種生命覺醒前的反射動作？都沒有人在乎這件事了嗎？

先不管最後我這個問題好了。外面的人就算再怎麼研究推測，和我們親身所體驗的相比，實在都微不足道。不管怎麼樣，在美中採取下一步之前，島嶼暫時是我們的了。只是我們面前還有太多、太多、太多的蔣公銅像，不知道要推到民國幾年，才能清出一條可以走到超市、百貨，或隨便哪裡都好的路，只要讓我們先找到吃的就好了。

DATA FILE.
017

出擊！Z狙擊隊

TYPE : Metamorphosis
FORM : Insomniacs

1

我和A並肩坐在街角。若有人經過想必會覺得我們在預謀什麼，但早在幾個鐘頭前，街上就空無一人了。沒有人深夜還會逗留在外，即便是有家歸不得的人，也早想盡辦法把自己藏在垃圾中。只剩我們，兩兩成對，挨在河口區每個重要的街角，靠那麼近卻不許交談，握著手機卻不能滑，只能盯著空蕩的街頭卻希望一直空蕩下去……不，我還是希望它到來，只是忍不住發抖，不確定是害怕還是興奮。

突然一股震動從握著手機的手傳來，我像是休眠的電腦，一動就重開運算，但A早就喊了：

「龍安街國強路口！」

我還來不及翻開腦中的地圖，他已起身狂奔大喊：「愣什麼！快來啊！」我連忙抓起砍刀，在A後頭追著。

A總是能找出最短的捷徑到達出沒地點，離目標最近的人都未必比他快。我遠遠看見比手勢的人是B，他指了指前方，我們朝那一看，全身硬是踩緊剎車。

是Z。不管從多遠都能認出它那不協調的古怪走姿，有人形容像是跛扈的官員怒氣沖沖地巡街，還挺傳神的。但它顯然不滿這視察結果，左顧右盼，氣急敗壞地甩著它粗肥的臂膀。

我看了一眼A，他直盯著Z。我們都知道Z如果沒在街上找到目標，就會從最近的房子下手——一旦那樣就對我們不利了。A說過，務必在街頭跟它對決，我看其他人也準備好了。在每個能包圍Z的點上，都已有兩兩成對的人現身，拿著各種武器，準備把Z包夾起來。

但在此時，包著手機的口袋又震動起來。我害怕地以為是哪個同學這時傳訊來跟我鬼扯，一轉頭卻看到A拿出了他的手機，看了一眼，臉垮了下去。「撤退了。」他邊滑著字邊對我說。

「什麼？為什麼？」我問。但他已轉身跑進黑暗中。我拿起手機一看，在A的撤退令上一條，是斥候傳來的訊息寫著，「四維路方向出現武裝部隊」。

2

武裝部隊？我邊沿著暗巷跑邊納悶。什麼時候不來，偏偏這時候就出動了？算了，本來就是他們不肯出動才輪到我們的，既然來了，我們可以平安退出也算是好事吧。其實有點可惜，要是能由我們來除掉Z該有多棒啊。

Z不知道是從什麼時候開始出現在河口區的，最早的事情我沒跟上，都是聽別人說的：一開始只是個八卦，說半夜會有殭屍在街上出沒，看到人就咬，有些無家可歸的人就這樣消失無蹤了。但誰會注意到街角少了一個流浪漢，或去聆聽哪個流浪漢口齒不清地說殭屍有多恐怖呢？

流浪漢躲進骯髒深處後，就輪到其他深夜在外逗留的人了。有被說是私娼的老婦，也有被說是毒蟲的年輕人，但也僅止於傳聞。只有當特別漂亮的援交妹慘死時，她生前的自拍照才爭得到一點版面。

但不安的情緒已蔓延開來。深夜逗留在街上的人越來越少，苦了專做午夜生意的店家。警方在抱怨聲中允諾加強巡邏，但毫不意外地表示殭屍純屬虛構，真正的行兇者正全力追緝中。對於早早就寢的那些大官來說，只要早睡早起就能避開的事，為何要浪費那麼多人力成本呢？

於是有些人在不安和憤怒中逐漸組織起來，在一團亂的網路謾罵內，以中肯的發文為骨幹逐漸凝聚。越來越多高手加入——有些標出殭屍出沒的地圖，有些整理傳聞和確切的咬人事件，有些設計了殭屍出沒的警示程式，很快地防衛殭屍的組織就誕生了，因為這兩個字筆劃太多，大家都簡寫成Z，自然也把目標叫做Z了。

這個「Z組織」在協助民眾防範Z攻擊上有些成果，但在督促政府這塊徹底失敗。警方除了撿屍外什麼都不肯做，堅持什麼殭屍的都是危言聳聽，還揚言要以非法集會之名對付我們。我們有些人沉不住氣了，決定主動出擊，犧牲晚上投入巡守，也因此親眼目睹了Z。我到現在都還記得成員中第一個目擊者怎麼白著臉打著牙齒，形容Z走路的怪模怪樣，還有它活生生咬死一個弱智孩子的血盆大口。

此時約莫就是我加入的時候，受害程度已逼得大家非出擊不可，為了讓Z日漸擴大的危害終結，為了把Z拖到陽光下，給那麻木的警方仔細瞧瞧。

高手們改寫先前警告民眾的程式，反過來追擊Z。Z出現的頻率不定，我們拿氣溫、日照量和人們的日常活動交叉比對，甚至有人半開玩笑地拿偶像劇的放映時間來算，都沒什麼規律可言。我們只能固定地派出巡守者，兩兩成對，一看到Z就用簡訊通知大家包圍；經過多次失敗後，上一次我們終於找到了有效的追擊方式，成功把它圍起來砍了好幾刀，但它居然懂得逃跑。這次我們吸取教訓，連後路都好好堵住了，沒想到武裝部隊跑出來攪局，大概是聽聞我們砍到Z才來搶著收割吧。

一回家當然是趕快上網，和大家聊今天的意外。我進了討論區，卻發現不太對勁。大家怎麼不是幹譙警察或慶幸有人接手，反而一片靜悄悄？我捲回頂頭找了一陣，發現問題比警察收割要嚴重多了。

發簡訊的同伴說，他看到那些武裝部隊從後面跟上Z，遠遠地圍著它，亦步亦趣地隨著Z一起前進。換句話說，他們是在保護Z。撤退是對的，只是沒想到情況有這麼糟。

「A，怎麼辦？」才按下Enter我就後悔了，畫面跳到頁底早有人打了一樣的話。每個人都很著急，A一定也是，但他不像我們一樣只會問怎麼辦——他知道怎麼辦。

我聽別人說，A是在意見倒向主動出擊但仍紛亂未決時，漸漸成為攻擊Z行動的指揮，在幾次進展後，又漸漸成為整個Z組織的領導者。他真的很了不起，雖然年紀和我差不多，但不知道之前他怎麼混的，居然可以在大家還像無頭蒼蠅打轉時，就已經把河口的街坊、巷弄都摸透了。他鬼點子多卻很能講道理，看得比別人遠，行動又比別人快。之前在Z胸口砍下第一刀的也是他，不過我沒有親眼看到就是了。他真的很勇敢，我光是從人群外看著Z邊嚎叫邊逃走，就已經抖到快拿不住砍刀了。

但這次要面對的是武裝部隊啊。我們不是正規軍，手上只有鋁棒、緊急用手斧或是用刀和木棍組裝的長柄砍刀，了不起最高科技就是電擊棒，面對部隊就算全部一起上也是死路一條。該怎麼辦呢，A？我看了看討論串，看到A努力要大家冷靜，並把問題從「怎麼辦」巧妙地轉移到「為什麼」。想像力確實分散了大家的焦慮，各種天馬行空的猜想紛紛出爐，比如說傭兵保護逃脫的生物兵器啦、防毒面具底下也是殭屍部隊啦，之類的。甚至連Z其實是我們總統都有人講出口，終於引來一些輕鬆的大笑符號。想到總統其實是殭屍，白天化著活人妝還是帶著人皮面具在那邊念稿子握手寒暄，還真的挺搞笑的。

「但我們的目的依舊沒變。終結Z的危害，並把它的真相拖到陽光下。」

「沒錯。」

「沒錯。」我也跟著附和。

「大家別灰心，不管多艱難，我們還不是都走了過來？挫折只會讓我們更強大。」

「沒錯。」

「一次就成功的夢想破滅了，反而更能讓我們看清現實的困難，也讓我們未來的成功更甜美。」

「沒錯！」一整列相同的字元瞬間頂走先前消極的對話。

「明天我們重新開始。大家先休息吧，今晚每個人都辛苦了。」

不愧是A。

3

但任務如今更艱鉅了。現在Z出現時身邊總遠遠地跟著部隊，多了隨扈的巡街官員現在一時興起就衝進哪棟房子裡，一陣慘叫後又滴著血緩緩走出，而我們苦於沒有熱兵器，只能眼睜睜看著他們消失在黑暗中。

Z和它的爪牙都做到這種地步了，難道都不會有記者來報嗎？說也奇怪，不管是電視、報紙還是什麼新聞都好像瞎了一樣，一個字也沒寫，除了後來B用了十字弓那次以外。B是射中了，可是一點用也沒有，只引來全部武裝部隊朝著B開火，幸好他逃得快。那次就上了新聞，卻寫成警方深夜開火攻擊殭屍，雖然讓殭屍逃脫，但保護民眾有功——等等，警方不是一直堅持說殭屍只是八卦嗎？他們又改口說，是記者寫錯了，他們是說有人假扮殭屍在街頭造謠滋事，嫌疑最大的就是那些弄什麼Z網站，想要製造政府辦事不力形象的那些人——也就是我們。

照理來說，又死人又開槍的，好說也該有些受不了的民眾加入吧——才怪，我們幾乎都是外地來的，當地人始終就只有那幾個。當外界不在乎的時候，自己也開始不在乎自己，河口區就是這樣。我們都聽那幾個當地人講過，不知為了什麼理由，這地方等同於被政府遺棄了一樣，所以不管市中心房子怎麼長高夜晚怎麼發亮，這裡還是像個大爛攤子。本地有辦法的人拚命離開，外地沒辦法的人繼續擠進來，搞不好人們其實希望Z多咬死幾個人，讓這邊騰點空間出來呢。

就像B說的，越爛就越容易吸引更爛的來，最後就輪到Z這種東西。B不像A一樣有領導能力，他是那種直來直往、不怕得罪人也不太顧後果的，好處就是敢衝不怕死，部隊來護駕之後還敢用十字弓射Z的就是他，雖然A認為這實在太莽撞。B不喜歡A那種謹慎又隨時想著要妥協讓步的態度，但他就和我一樣，依舊追隨著A。只要A的新計畫成功，這些小摩擦其實都不算什麼。結束Z的危害，把Z的真相拖到陽光下，這一點是大家都同意的。

4

我們唯一的優勢，就在於Z和那些護衛的空隙。雖說是在保護Z，但那些傢伙似乎也怕被咬，穿著厚重的防護衣，從不敢離Z太近。一旦Z挑上了目標，他們絕對是躲得遠遠地，彷彿怕它一抓狂就敵我不分。這就是我們僅剩的時機。

行動由B起頭。上次用十字弓射中Z，讓他有了深刻的逃跑經驗，他知道Z抓狂起來那些護衛根本追不上也不敢開火，如果讓Z單獨追著他跑，他只要專心不被

Ｚ抓到就好。只是這次他不會甩開Ｚ，而得讓Ｚ始終緊緊跟在他後頭。

雖然Ｂ已盡量挑離終點最近的地方出手，但這距離還是太長了。所以得靠我們接力跑在Ｚ前面直到終點，而且千萬不能讓Ｚ攻擊跑者以外的目標。我是倒數第二棒，佇在街角，仔細過濾掉高壓電線的滋滋聲和水溝裡排氣的呼呼聲，聽見Ｃ的跑步和喘氣聲從遠處逐漸接近，好像連他激烈的心跳都聽到了——不，那是我自己的。我偷看了一眼，Ｃ快到轉角了，Ｚ在他身後，用那彷彿骨折一樣的歪斜步伐追了上來，那速度……好像比我還快一點？但我沒空想了，Ｃ一過轉角我就指著打開的側門讓他躲進去，一關上門我就往路中央跑，看了看街角，Ｚ一轉過來停也不停就朝我直衝，我不敢再看，轉頭拔腿就跑。

我們沒有Ｂ那種天生的腳力，五六個人短程衝刺勉強只能比刻意放慢的他快一點點。我已經練習了太多回，像裝了導航一樣左彎右拐，閃開暗巷的阻礙，但練習的時候可沒有現在這種夾在跑步聲和呼吸聲之間，一下遠又一下近的古怪呼嚕聲。我怕死了，但我不能全速遠離它，只能維持一定的距離讓它追，那一刻，我好像忽然體會了那些武裝護衛的心情，想想他們也是有夠苦命的。

過了好像有十分鐘那麼久（但先前早就測過，最慢不超過兩分鐘），我終於看到了我的街角。一轉過去就看見Ｄ站在敞開的門邊直揮手，我幾乎是在撞上門的同時滾了進去。沒有什麼比衝刺完瞬間停止更痛苦的——有的，就是還要壓住自己的呼吸，並仔細聽有沒有Z撞門的聲音。那不僅代表任務失敗，也代表我死定了。

我在一片眩暈裡勉強起身，確認除了耳鳴外沒有敲門聲，才放膽走上樓頂的窗邊。我看見Z微小的背影正隨著更微小的D衝進那台貨櫃車，躲在櫃門邊的兩個人便衝上去一關，幾十個人從左右同時頂上一條一條的鋼樑。另一頭的貨櫃上頭，兩三個人連忙把D拉出來，旁邊立刻有幾個人拿鋼樑壓在蓋口上。貨櫃劇烈晃動起來，有個人差點摔下貨櫃，幸好被拉了一把，才自己鬆手爬下去。剩下的人也連忙爬離車身，車立刻向前急馳，消失在黑暗中。

5

我們成功了。經過這麼多嘗試、等待和失敗，我們終於抓到了Z，為這個缺少希望的河口區帶來了改變。要不是想到護衛可能還窮追不捨，我幾乎都要在街上吹起口哨了。

不過那些護衛再怎麼努力找，也很難在這整片廢工廠中找到一個裝著殭屍的貨櫃吧，只有我們才知道集合地點。如今，天也快亮了，每個人都在等著。卸下車的貨櫃四邊被更多鋼樑斜頂著，現在連晃都不晃一下，咆哮聲也像是矇在枕頭裡一樣含糊。

當我靠近貨櫃，幾個人靜靜地和我碰拳。

「幹得好。」D說。

「還好啦。」

A向我走來，面露微笑，還大大比了個姆指。沒想到這一刻真的來到了。

「A，現在怎麼辦？」我半開玩笑地重複網路上那句話。

「等天亮吧，我們來好好看清楚Z到底是什麼來路。」

隨著天色漸亮，貨櫃裡的聲音也逐漸微弱。終於當第一道曙光射在貨櫃上時，聲音靜了下來。我們耐著性子又等了十分鐘，一個人才拿著圓盤鋸在門上開了個十五乘十五公分的方形小洞。A拿起手電筒走向洞口，我也焦慮地跟著圍在後頭。A舉起手電筒往裡頭一照，並小心地看了進去，手電筒從他手中落下。

當他轉頭那一瞬間，彷彿已經不是我認識的A。

「把門打開。」他無力地說。

「可是就這樣直接……」旁邊的人問。

「馬上打開！」

從沒看過A這樣發怒，我們嚇得連忙把鋼樑移去，上下手把一拉，左右打開貨櫃門。總統坐在貨櫃的正中央，瞪著我們。

6

「他怎麼會在這裡？」

「是被掉包了吧？」

「白癡啊，他就是Z，那張死人臉一模一樣啊！」

「媽的，白天爛，晚上也一樣爛。」B舉起了十字弓。

「放下！」A大喊。

「憑什麼？你忘記他殺了多少人？」

「我們還沒跟他問出真相。」A說。

「我看是，發現是我就不能輕舉妄動吧。」總統帶著一絲笑意說。第一次親耳聽他講話，沒想到是這樣冷冷地，好像電子訊號一樣的口音。

「也不是不能，」A走向首腦說。「終結Z的危害一直是我們的目標。」

「但不包括殺掉總統吧。」

我看到了總統臉上的微笑。在場的每一個人應該都和我一樣，第一次看到A在對話中落居被動。

「留你活著，我們是比較有條件跟政府談。」A說。「至少，我們可以要求政府公布真相。」

「真相是，河口區的暴民綁架了總統。極端的手段不會得到民眾認可，我相信大部分民眾都支持安定與秩序。」

「但這裡的碰巧都不是喔，我看還包括你在內。」A勉強笑了一下。「倒是反過來問你——你要如何解釋會在這裡被綁架呢？你半夜特地來這邊嫖妓？吸毒？還是說我國最精銳的護衛小組都是飯桶？又或者說——」A刻意提高了語氣：「河口區有一群藝高人膽大的街頭俠客，為了伸張正義，而潛入官邸綁走總統，如入無人之境，只是希望讓總統親身體驗一晚河口區的真實困境？」

總統的微笑像停格的畫面般定住了。大官真的不一樣，我就沒辦法那樣把笑容僵在臉上。

「我們都騎虎難下啊，長官。」A拍拍總統的肩膀說。「您就當作是還給本區一些被剝奪的福利，說說這到底是怎麼一回事吧。」

「把我送到河口以外的地方放走，不准走漏任何消息。」總統命令道。

「你倒是很跩啊！」B忍不住大吼，也有些人跟著鼓譟起來。

「冷靜！」A大吼，彷彿自己也被激怒了。「好，我答應你。」他對總統說，

「但你講的最好能讓人相信。」

周圍的人議論紛紛。

「就這樣讓他走嗎……」

「可是殺了他就慘了……」

「乾脆把他再放到變成Z再殺掉不就好了……」

「萬一殺掉又變回總統還不是一樣……」

我也看不出來要怎麼辦。但我想A應該已經有想法了。我選擇相信他。

「只要讓你們相信就好，是吧？」總統諷刺地笑著。「這是一種增進機能的藥物的副作用。機能是很重要的。每天有太多問題要處理，可是人力只會更精簡，根本不可能解決所有事情，包括年輕人各種非理性的鬧事舉動。」他無視一雙雙被激怒的眼神繼續說：「我從以前就是盡心盡力、事必躬親、以身作則，才能率領更多人為國家犧牲奉獻。部屬沒時間睡，我也不願多睡一分鐘。那種藥物已經算是高層部門的基本配給了，價格不斐，幸好是公家補助，」他替自己的玩笑笑了一下，「可以將睡眠濃縮到極限、增加思考速度與品質；最重要的是，壓抑負面衝動情緒，促成理性判斷。」

「可能他們覺得我EQ最低吧，」他又笑了一下，「藥量特別重。但最近局勢異常緊張，各種警訊接連引發負面衝動四處傳染……或者也可以說，這種藥是一種杜絕暴力傳染的感冒藥。有了這種藥，太多重要的決策都能避免被理盲與濫情左右。」

「不過藥量增加的副作用出乎醫療團隊的意外。最早的攻擊事件用盡了一切手段才壓了下來，畢竟對方也是高層的家人。可能因為同樣的藥物才讓他冷靜正面地接受這個損失。這種個案不可能阻止藥物的使用，尤其不能阻止我。我一慢下來，國家就跟著停頓……日後為了避免再度發生意外，他們隨扈後來乾脆盯著我睡覺，只要看我發作，就把我丟進河口區。為什麼是這裡說了傷感情，我就不多說了。」

「媒體也能理解這是不得已的犧牲，自然能做出著眼大局的適當報導。本來一切都順利進行，偏偏就碰到你們來搗亂。後來只好加派護衛，誰曉得居然會被你們支開。這樣的回答，我想各位應該是可以接受吧。」

現場一片死寂。

第一個打破沉默的是動氣的A。「你咬死人難道連一點感覺都沒有嗎？」

「我無法清楚解釋。我只能稍微記得，過程有如作夢一般，感覺自己回到了過去，在痛罵以前討厭的老師同學，罵得很暢快。咬人的感覺倒是沒有，實際狀況主要還是看第二天的報告才知道的。」

「你他媽真是人渣。」B忍不住說。

「你沒搞清楚狀況，不知道這對我來說也是艱難的決定。」總統反駁。「你們並不曉得現在的局面有多困難。就說外交好了，周邊強國的角力下，我國突圍的機會微乎其微。經濟發展是我們的最後機會，但有些環境污染的舊帳偏偏都在近日翻案，反對黨抓住這點來煽動民眾不信任我們。不幸地許多人都信這套，儘管反對黨的私利是極為明顯的……一個政府就算有三倍的規模、三倍的速度都難以解決當前的種種困境，但，我由衷希望解決所有問題。這是領導者的責任所在。」

「你吃的人也變成三倍了嗎？」A挖苦地問。

「我們選擇這裡，已經考量過讓傷害減到最低了。對於你們一再地誤解我們的用心，即便已經造成太多損失，但我仍相信能夠找到理性解決的方法。只要你們好好想清楚，接下來按照我說的去做，我相信還是能找到令大家都滿意的結果。」

「你真的跟電視上一樣屁話很多耶。」B忍不住回。即便是這樣的僵局，還是有不少人笑了出來。

A還來不及制止，總統瞬時面紅耳赤，「你們這些小鬼根本不知好歹，沒活幾年根本什麼屁也不懂——」他臉上爆出青筋，整個人彷彿膨脹起來，像是要變回昨晚的Z——

但一支箭瞬間出現在首腦的兩眉間，一股血從他口中濺了出來，我本能地用手擋住，當我將手移開時，看見轉過頭來的A臉上沾滿了總統的血。A發著抖，瞪著B。我以為這倆人終於要攤牌了，結果A只對大家說了一句：「Z組織就地解散。大家保重。」便穿過人群、穿過我，往廢工廠出口走去。

「我看他又要變成殭屍了啊！」B抓著十字弓，在A背後大喊，但他頭也不回。「我是為了大家啊！」B繼續喊，但沒人敢直視他的眼睛。

「嘿，我覺得還是閃人吧。」D說。我點點頭。

7

鳥獸散是我們Z組織最後的結局。A一走，沒人想最後一個待在裡面。當時我離開後還傻傻回去看網頁上有沒有最後的指示，一看到空白的頁面，我才驚覺這樣一瀏覽搞不好就被警方鎖定了，我嚇得連電腦都沒收，就逃到一棟廢棄建築物的頂樓躲起來。好幾天過去了，每當樓下有接連的車聲經過，甚至是深夜跑步的聲音從遠方接近，我的心跳就開始加速，就像被Z在街頭追逐的那一夜——回想起來反而有點懷念那時候。至少那時候我們是堂堂正正地在街上跑，沒想到殺了Z之後，卻得像我們當時保護的那些人一樣，躲在屋裡不敢外出，而且比他們還糟的是，我連白天都不敢走出這裡。

沒了網路、關掉了手機，我終於開始思考，當初是為了什麼呢？本來以為是太久以前的事，靜下來想想也不過就是幾個星期前才起變化的——

說來好笑，我本來一直覺得自己和別人不一樣。周圍太多人在我看來都太尋常了，只會像殭屍一樣跟著流行走，我不想那樣下去。所以我開始把所有見到的人都劃分成普通人和不一樣的人，普通人做什麼我就不做、說不錯的我絕不去欣賞，自己喜歡的東西一聽到他們也說喜歡，就立刻放棄。我只認可那些夠不一樣的人，就算他們看著很俗的東西哈哈大笑，那調調還是不一樣。但這樣過了好幾年，我除了討厭別人喜歡、反對別人贊成之外，什麼也沒做。當時我感到空虛而憤怒，但我以為不容於主流的人本來就該有這些空虛憤怒。我會在心中對著街上的人喊著，你們就繼續去盲從你們普通的生活吧，那不是我要追求的。我想要做的是更了不起的事，是你們根本望塵莫及的，只是我還在找方向。但除了和別人唱反調以外，我想不到有什麼方向。

我開始忍不住去逛那些失敗者的討論區，那些落榜、失業、不得志的發言。看著他們自以為加倍努力就能成功，卻看不清真正有本事的人其實一晃就超車過去了，總讓我有種說不上來的寬慰。那個我一晃就超過所有人的時機在哪裡呢？我覺得那一直都在，只是我還沒找到，那一個我獨一無二的成功——也許這就是我被Z組織吸引的地方吧。

老實說，我並不在乎河口區那些遊民、私娼會怎樣。只要抓到Z就可以解決，為啥要耗時間在那些旁支末節上？我本來還會想說，如果是我帶頭的話就不要浪費時間在這邊，但我知道A在，我就不需要想了。我從來沒遇過像A這樣的人，做什麼都想得到好方法，講什麼都頭頭是道。以前我曾拿一些我思考很久、針對Z組織的質疑來頂他，結果都是兩三句就被駁得體無完膚。

「至少先把組織混熟再來想這些吧。」A說。所以我開始在裡面混，好好觀察他怎麼成功的，他說什麼我就做什麼，才一路走到這一步。但現在該怎麼辦呢？我已經不知道怎麼和A連絡了。這陣子都沒有新的指令告訴我該往哪走、該做什麼，我才察覺到這段自以為轟轟烈烈的日子裡，我從來都沒有獨立行動、獨立思考，就只是在等手機和網路傳訊息過來而已。好像我這樣也跟真正的殭屍沒兩樣吧，所以現在活該換另外一批人來追捕我了。

忽然樓下傳來腳步聲。怎麼會有人進來這裡啊？照理來說不應該有人會想到這裡才對，我當初進來時不覺得有這可能，所以也沒去想逃生出口——我一開始就把自己逼進死角了。

腳步聲越來越近。我該假裝自己是流浪漢嗎？他們是不是都有一種很奇怪的腔調，可是我之前都沒去注意。還是就裝做什麼都不知道？還是直接什麼都講出來吧，也許會原諒我？在腳步聲即將與我平行之前，我決定鑽到一塊爛掉的木板後面。

腳步聲停在門口，然後直直向我走來，拜託不要，我只是聽命行事而已……

「果然躲在這，就差你一個了。」

木板被掀開，我聽見A熟悉的聲音說。

我鬆了一大口氣，無法形容自己的歡欣，「是你啊，A！我真不知道要怎麼辦了……」

「已經都結束了。」A說。

「結束？」

「兇手抓到了，搜索就結束了。你都沒聽說嗎？」

我不好意思承認自己一直躲在這裡，但他應該看得出來。

「可是……我們不是……」

「是B下手的，很多人都指認是他。況且有我親自指證。」

「可是不是你帶頭……」

「Z組織從來沒有官方的領袖。B是依照他的自由意志行事的，沒有人逼他動手。十字弓上的所有證據都吻合，罪證十分確鑿。」

「但他沒有把你抖出來嗎？而且你怎麼敢去跟他們接觸？」

「B就算講了也不會有人聽吧。基本上現在就看我怎麼說，我也是希望能盡量讓多數人脫身……這其實還是靠運氣。我毀掉Z組織的網路主機之後躲了才一個晚上，早上醒來發現自己居然在總統官邸。一堆人難以置信地盯著我，我就知道是怎麼回事了。可能是沾到血的關係吧，我應該是被總統感染了，晚上變成Z，被搜索隊弄錯帶回官邸。」

「被關了幾天之後，我發現自己比總統還厲害。我可以控制自己要不要變成Z，甚至在傍晚和清晨都能變身，也許是血液感染讓什麼在體內超越了注射藥劑的變化，之前的受害者都直接被咬死，沒人查覺到這一點。我有一次就在白天審訊時當場變成Z，嚇死他們了。他們很重視這個現象，覺得這代表他們有機會能讓藥劑的功能再提升，同時減低副作用，雖然我不相信會有這種好事。什麼事情都一樣，經濟起飛啊、核電廠啊，一開始誰都覺得完美無缺，日子久了才會知道代價是什麼。」

「後來我很快就和新總統談妥了。我加入政府協助藥物實驗，他們當作Z組織從沒存在過。但還是要有殺死首腦的兇手啊，那就是B了。他們答應我只追究B一個人，說他整天在河口區造謠生事，後來看沒人理他，就半夜潛入官邸把總統殺了。徹底的反社會人格。」

我聽了全身發毛，但徹底失去了憤怒的力量，只剩下一種無力的空虛，甚至浮生一點點屈從的幸福感。這應該是我一生中最坦率面對內心的一刻了。

「A，那現在該怎麼辦？」我不由自主地問。

「回你本來的家吧。不要像B那樣子。你不是本地人，別真的在這邊混。」

我不想迎接這樣的結果。但我還剩下最後一個想法也許可以挑戰他。

「A……我，我覺得，你好像……忘記了我們的初衷。」

「我記得。終結Z的危害，把Z的真相拖到陽光下。」

「但，現在你變成了，Z……」

「所以現在我打算靠自己的意志來延續初衷，而且目前看起來，至少第一件事我已經做到了。」

「萬一……你之後才發現其實做不到呢？那跟之前有什麼不一樣？」

「那就是後繼者的事了。一定會有人來對付我的。只是說，因為以後Z是我，他們要搞什麼都會比以前更難。你好好想清楚吧。」A說完，便頭也不回地走了。

我有一點點想追過去，但雙腳不由自主停在原地，直到他的腳步聲隨著樓梯，一格一格往下退去。

EPISODE : 5

世界在牠們的陰影下

DATA FILE.

018

奇美拉的寓言

TYPE : Chimera

FORM : Chiroptera

「說什麼千年來持續的大戰，那都是假的。像我一樣活過了千年的，都可以告訴你當年這愚蠢的戰爭是怎麼開始，又造成了什麼可笑的結果。但除了我以外，應該也沒人好意思講了。」

「至於現在流傳下來的寓言，不過是交相攻訐後妥協的謊話。被人們嘲笑的主角，一直都只是雙方共謀的犧牲品。不相信嗎？我可以告訴你事情是怎麼發生的。」

「最早的時候根本沒有什麼鳥與獸的戰爭。鳥與獸根本就沒有分別！最初的世界就是奇美拉的世界。哪個動物不是又長羽毛、又有利牙和鬃毛的呢？有些甚至連魚的尾巴、蛇的頭都長了好幾個！哪時候大家都相安無事，誰跟誰都是好朋友，這樣的時光要是能永遠不變該有多好……」

「現在回想起來，要說誰是那個原兇，好像也沒有辦法……其實那些表面下的不和平一直都存在著，它們沉默只是在那邊等著，等著誰來噴出第一個火苗。只是在開始之前，除了我還有誰察覺到它們的存在？也許是有吧，但沒有誰甘願說出來……除了我以外。」

「我並不是自願要說的，沒有辦法。我天生就活在牠們的感官邊緣，在牠們遺漏的空間裡維生。我察覺那些事、我發出刺耳的回應，那都是自然的、不可抵抗的。當然，如果那時候我懂得壓抑本能就好了，但顯然我沒有。」

「我到底察覺了什麼事？其實想想也挺好笑的，我察覺的就和我一開始說的矛盾：奇美拉之間是有些許的分別。有些翅膀特別強壯，有些四肢特別結實。我也察覺這樣的差異讓牠們漸漸畫出彼此的界線，讓衝突一觸即發，但無能的我除了不由自主地尖叫外，什麼也做不了。但這尖銳的聲音倒是讓牠們的頭一起疼了，我被全體放逐到世界邊緣，當戰爭開始時，我根本不在場。」

「等到我親眼看見戰爭時，那裡面已經沒有我見過的面孔了。戰鬥中的雙方為了認清敵我，不是主動拔下所有羽毛、就是硬扯下粗壯的雙臂，少數怕痛的奇美拉倉皇地逃離戰場。只剩下紅了眼的獸和遮蔽天空的鳥，像颱風一樣旋轉纏鬥。過去那些彼此忍耐的差異，如今全變成了身上血淋淋的標幟，你是鳥、我是獸，奇美拉只是過去噁心的謊言，你死我活才是終極的真相。」

「他們想撕下我鼓動的翅膀、或拔下我溫熱的耳朵，要我加入牠們任一邊。但我不要，我只想保有我本來的面貌。但比這念頭更蠢的是，身為一個飛不快，力量薄弱的小東西，我居然還幻想著我這樣的面貌可以喚起牠們遺忘的記憶；我完全錯了。我沒有認清一件事：沒有誰真心希望戰鬥結束，因為沒有誰有勇氣面對結束之後的事。他們想的就跟過去我心想的一樣，若這樣的時光能永遠不變，不是也很好嗎……」

「這樣你應該發現了吧？雖然沒有元兇，但讓牠們難堪的始終是我。於是在雙方的默契下，我又被丟回世界的邊緣，這次是封在一個不見天日的洞穴裡。只有這麼厚的岩壁才能隔絕我的尖叫聲，不過也不重要了；當牠們一個個徹底捨棄奇美拉成為鳥和獸的時候，牠們那一部分的聽覺就已經永遠死去了。」

DATA FILE.

019

年獸祭

TYPE : Hypnos

FORM : Unknown

年獸的祭祀儀式，一直是由兩個種族接力進行的。

儀式的起始沒有固定日期，但總在黑夜長過白晝之後的某一天，有時甚至白晝快消失了都無法開始，因為一切得看年獸何時前來。

不需要什麼異於常人的洞察力，誰都能看見年獸降臨時，天上那翻騰攪動彷彿要被撐破的灰雲。一看到天空的變化，人們就搬出預先準備好的各種祭品，但那裡頭沒有一點食物。年獸在白晝漫長的炎熱日子裡，已好好享用過大地奉獻的一切營養，牠現在需要的只是一個滿意的落腳處。祭司指揮著人群把祭品運上全村大大小小的船隻，在簡單的祝詞後便由他領頭出海。祭司很清楚出航前的那些祝禱並非關鍵，重要的是海上的正確位置，以及年獸的脾氣。

以祭司的主船為中心，全村的船隻灑下花瓣、香草、棉布，散開成一個巨大的正方形。年獸會依指引落在這方形內，但牠是否願意平順地入海，每一個細節都至關重要。花草的氣味要香但不能太濃，棉布要沾透去年留下的味道，如果那一天海面已經結冰，還得趕快敲出一片乾淨的海面，甚至預先在海上燃燒漂浮的油脂。一切妥當後，祭司對主船上的吹笛人一比，他們便輕輕吹出召喚曲，細柔的聲音在凜冽的北風中似有若無，但海上瑟縮的村民還是感覺到，風被浮在空中的高山擋住了，灰暗的天空也被巨大的黑影取代了，年獸正緩緩地隨音樂沉降，彷彿不願意傷到村民似地，像一根羽毛般輕輕沾上水面。

人們不敢直視入海的年獸，就算敢，也沒人知道要看哪一個方向，才能看清楚年獸比山還要巨大的全貌。人們總說他們聽到各種噪雜的聲音，彷彿年獸身上便有世界萬物齊響，也有人說聽到年獸傳來無止盡的自言自語。祭司也專心地聽著，他絕不敢說自己聽懂了哪句話，但經驗老到的他聽得出那些聲音代表的是秩序或混亂；當混亂越來越多，儀式就越接近成功，他就更要小心地讓音樂越來越柔弱。有一年，一個不小心吹錯飆高的笛聲就讓年獸飛起了半座山高，捲起的風差點沒把全村的船都掀了。

也有幾年即便儀式妥當，年獸還是不肯入海，儀式就得持續數天，甚至也有一年年獸居然再度騰空離去，接下來那一年全村就得勞累辛苦。祭司最關鍵的責任，就是在年獸即將放棄入海時丟出禁忌的人偶——人偶下了那種非到必要時絕不使用的強咒，一丟下去就得冒著將村民捲入大浪的危險，讓年獸立刻沉入海中。不管怎樣，一旦年獸全身入海，儀式就乾淨俐落地告終。許多從海上歸來的村民都會說，即便遠方海面下的年獸已沉到激不起浪的深處，他們還是依稀聽見船底傳來一陣一陣的低吟。

然而海底下卻是截然不同的氣氛。海中的種族歡欣鼓舞地游出岩洞，迎接著年獸到來。他們沒有儀式、沒有組織，任憑每個人隨意用自己的方式來表達對年獸的讚美、愛戴甚至埋怨遲來的咒罵。水底下的祭典是瘋狂放肆的，有時他們甚至忘記自己是在祭祀，而自顧自地演戲、玩樂，甚至在巨大海葵的觸手間交歡。他們放出的歡樂氣息感染了海底眾生，包括那些沉睡於深淵的陰影，那些遠古的海生爬蟲、長著肉鰭和盾皮的大魚紛紛從深處浮起，恣意地穿梭、獵食甚至搏鬥，那些驚恐的故事、離奇的冒險和無邊無際的幻想被它們的鰭肢和長尾打成碎片，在糜爛的海水中載沉載浮。

反倒是年獸沉到了海底就像座山一樣不動了，只管過濾著豐沛的海水。只有在狂歡稍歇時，牠滿足的聲響才會浮上海面，順著冰層飄進北風，在村落外低吟著。漫長的冬天裡，村民燒著柴火，圍在一起聽祭司講述每一年都略有不同的神話，人們都說，那是祭司們入睡之後，用年獸的低吟編成的靈感。

溫暖的海水逐漸流進海底，打斷了不知是第幾次的狂歡，把年獸巨大的身軀緩緩往上抬。海中的種族和遠古生物感到身體虛弱，紛紛游回自己的岩洞和深淵裡。就如一開始沒有歡迎的儀式，海中種族也讓年獸獨自離去。岸上的巡守人察覺異樣的波浪，又聽見熟悉的嘈雜聲越來越大，便點起預先準備好的火把，將消息立刻傳到祭司所在的殿堂。殿堂頂端立著不知什麼巨獸留下的號角，祭司一吹，整個村落和海面便為之顫動。年獸巨大的陰影呼應著號角聲從海中浮起，朝氣十足的吼聲像是與大地共鳴；牠緩緩飛越村莊，為田地帶來今年的第一場雨，為土地灑下海底的養分；牠劃開灰濛濛的雲層，讓白晝從這一天起，開始比黑夜更長。

DATA FILE.

020

守護世界的城牆傳說

TYPE : Ouroboros

FORM : Jörmungandr

沒有人知道移動的城牆在那有多久了。人們只知道，不管往哪個方向，只要不回頭地一直走，最終都將被它擋住。

移動的城牆是個繞行的巨環，人們就居住在環中。太陽從牆上升起，落入另一頭的城牆，從人們的腳底回到原點升起，這就定義了世界的一天。牆上唯一的一座城樓，則定義了世界的一年——城樓隨城牆繞著圈，一天天遠離升起的旭日，一天天接近落下的夕陽。當夕陽落入城樓的那一刻，牆就會停止行進，若那時城樓上出現一絲縫隙，外頭的惡魔就會在血紅色的夕照下鑽進牆內，徹底毀滅人的世界。

沒有人可以控制牆的行止，亦或是城樓的開合。人們只能用一整年辛苦的收穫來堵住城樓的縫隙。從山頂下來的祭司，催促壯丁們把裝滿作物、牲口和孩童的籠車推向小山丘一樣的醜陋城樓裡，母親們絕望的哭喊和孩童驚恐的尖叫響遍整個世界。一片沉寂後，城牆再度轟然起動，城樓又朝著日出的方向前去；世界又逃過了一劫，直到城樓又從另一頭抵達夕陽下。

沒有人敢妄想越過城牆，更別說懷疑、忤逆祭司定下的規矩。雖然無法反抗，但不是每個人都甘願獻上一切，尤其是那些孩童的母親。這一年城樓快抵達落日時，又有一位母親藏起了孩子，拒絕交給祭司。經驗老到的祭司們輪番複誦城牆的教條，那些只有山頂上的他們能看到的真相——城牆外盡是人們難以想像的幽暗與邪惡，連日月星辰都感到害怕，只敢在牆內的天空中運行。是城牆繞出的圓維持了世界的完美，它保護著所有人，也擁有著牆內的一切，最美好的作物、牲口和人子都歸給守護世界的城牆，是不可違抗的天經地義。

但母親拒絕了城牆。懷孕的重量都壓在她身上、分娩的痛苦也烙在她身上、滋養的乳水也來自她身上，不論城牆如何轉動、日月怎麼起落，她都是這孩子真正唯一的擁有者。祭司們憤怒於母親不知天高地厚，卻也翻不出什麼能駁倒母親的教條。他們的正當性被反駁到只剩罰則——不順從祭司與城牆的人，都將被迫走進下通地底的入口，讓深夜穿過的太陽燒成灰燼。

就算是自身消滅的威脅，也阻止不了讓骨肉延續的願望。她還是沒說出孩子藏在哪裡。祭司們向整個世界下令，把這孩子找出來，她便悄悄帶著孩子逃走。她知道不可能往牆外逃——從來沒有人敢爬上城牆，牆面的綠意下藏著銳利粗糙的形狀，光借著牆壁行進的力道，就足以從貼近的人身上刮下整層皮。她知道祭司下了令就不會有人忤逆，所以更不敢躲在人群間。她索性拉著孩子往山上逃，也許祭司都已下山準備今年的儀式，或許還可以找到山洞在裡面躲過這一年。

然而這座祭司口中的禁忌聖山，絲毫不給母子倆一點遮蔽之處，母親只好背著孩子繼續向上，直到兩人在山頂的冷風裡瑟縮著。母親絕望地祈求著各種不知名的神來解救，但只有太陽聽見她的禱告現身；它照亮了一切，讓母親看見了祭司從未說出的真相，並把一點點自己的力量分給了母子倆。

著急的人們終於在城樓靜止的那一天，在通往地底的入口前發現那對母子。出乎所有人意料外，母親拋下了孩子，獨自走下地底，孩子沒有跟，也沒有逃。祭司們滿意地把孩子裝進滿是驚恐孩童的籠車，斥喝著壯丁加緊速度向城樓推。

孩子把他和母親在山頂看見的一切告訴車上的每個孩子，然後靠在鐵籠的最前端等著。他看見那像小山丘一樣的城樓就在眼前，一台接一台的籠車被推進裂縫般的城門內，直到他們也來到裂縫前。他看見壯丁們把車用力推向黑暗後拔腿向後逃。黑暗中他聽見作物籠車壓碎的聲音，他聽見金屬扭曲和牲畜的哀嚎，一陣寂靜後，當一股寒冷的巨大呼吸聲逐漸靠近時，他便朝籠外丟出太陽給他的小小禮物。

即使是微弱的陽光也能揭穿這裡頭的真相。每個孩子都看到了那座長滿鱗片的小山，那像房子一樣大的血紅色眼睛，還有那像道路一樣寬的蛇信。每個孩子都聽見了隨光線亮起而爆發的慘叫，紛紛縮起身摀住耳朵。每個孩子都感覺到蛇頭發了瘋地左右撞擊，直到四處響起傾頹聲，砂土如雨般落下，讓他們眼睛睜不開呼吸困難，只能抱在一起咳嗽流淚。

第一個止住淚水的孩子抬頭一望，牢固的鐵籠幸運地擋住石塊，籠裡的每個人都毫髮無傷。透過鐵條看去，城樓已經徹底崩塌，釋放了囚禁在樓內，和城牆一樣高大的蛇頭與蛇尾。隨著蛇頭昂起，整面城牆劇烈地翻騰起伏，重獲自由的蛇尾像鞭子一樣亂甩，劃過整個天際，用力打在孩子們背後的世界裡。

一向忌諱著獻祭而躲在家中的民眾聽見慘叫聲，才剛走出家門，就看到平日不可一世的祭司們和壯丁沿街推擠著跑來，但忽然天色一黑，城牆從天而降，祭司們隨著整排房舍瞬間消失在牆下。人們在地震中倉皇奔逃，但他們太習慣這世界的規則，從沒想過往哪走可以逃出這四處肆虐的城牆。但巨蛇擺脫了銜尾的枷鎖，就不再拘泥於僵硬的圓環；牠開始收攏身子，像河道一樣扭動彎曲，緩緩地離開牠困住不知多久的小小世界。

沒有一個人注意到母親從地底入口走了上來。山頂的那一晚，她親眼看見太陽並非從城牆上升起，而是緩緩從一個更遠的、遠到不管往哪邊看都一樣平的圓圈邊緣，一點一點地探出頭來。那麼壯麗的金色太陽不可能畏懼什麼，是它帶給城牆內外一樣的光明，讓她看見那細小蛇牆所圍成的世界外，更廣闊美麗的世界。她心中充滿勇氣，鄙視著謊稱太陽會從腳底下偷偷經過的祭司，因而獲得了來自太陽的一點小小光芒。她帶著那光芒從容地走進虛設的地下隧道，為隧道中過去犧牲的母親們流下同情的眼淚。她抱著信心等待，等孩子用陽光解放城牆；當她查覺地上有了動靜，便離開洞穴，往孩子那頭快步奔去。

失去了城牆，籠車成了荒野中一個明顯的標的。無數奇形怪狀的野獸，在巨蛇遠去後逐漸探出身來，好奇地朝人類的世界靠近。母親搶在牠們前面打開籠車，帶著孩子們逃回地底下。有些頑皮不知害怕的孩子在地下亂闖，卻意外發現了祭司的地窖，裝滿吃不完的食物，還有直接從聖山流下的泉水。可以吃喝的實在太充裕，母親絲毫不介意有更多人下來一起分享，但她等了又等，直到頭頂上一片寂靜，都沒有人肯打破禁忌下來。於是她帶著孩子們走上去，迎接拯救了他們的太陽。

吃光每一個活人的野獸似乎全都走了，只留下被蛇身掃過的破敗家園。他們試圖越過那道城牆畫下的界線，卻發現巨蛇離去後，那兒只剩一道深陷地表的巨大凹痕，被泉水注成一輪環抱他們的護城河。陽光照著河面一片璀璨，在那閃爍的彼端，嶄新明亮的世界正等著他們前去。

DATA FILE.

021

核樹

TYPE : Decomposer

FORM : Various

在確認放射性物質大量洩漏後，委員會立刻下令將數以千萬計的「核樹」種子，灑在以反應爐為中心的十公里方圓內。「核樹」是幾百種基因改造植物、真菌的統稱，在成長過程中能從土壤、水、空氣中吸收放射性物質，並牢牢固定在組織內，以便日後清理。

為了即時搶救核災，核樹的生長也被大幅加快。種子灑下去才七天，反應爐就被綠意覆蓋，從上空望下去，就像人跡未至的天然林一樣。不管從空中、土壤裡還是海上新生的紅樹林中，測到的數值都已低於安全警戒。核樹更一路蔓延到警戒區外，為海嘯肆虐後的苦澀土地帶來大片翠綠與生機，以及更重要的，這國家所一直缺乏的林業商機。

需索無度的伐木搭配核樹的高速生長，抵消了些許核災所帶來的損失。但不知不覺中，核樹生長的速度逐漸超過砍伐，森林邊陲開始入侵村莊、小鎮。原本設計了短暫生命週期的核樹，似乎隨著離開實驗室的日子拉長，而逐步擺脫了基因裡的限制。為了避免人類生活圈被植物吞沒，人們開始為伐木而伐木，甚至整片整片地燒毀林地。但綠色的嫩芽很快又從焦黑的土壤中冒起，焚燒的餘溫還未退去，新的森林又誕生了。

如今人類必須投入比核災還要高昂的成本，來避免城市被翠綠吞沒。轟炸機、燒夷彈，甚至禁用的橙劑、生物武器都出動了，依舊抵擋不了核樹的推進；人們所熟悉的環境先是發霉、生苔，藤蔓和樹苗隨即從每一道縫隙中竄出，等到大樹的枝幹插進了大樓的窗內，這個區塊就完了。

人們只能撤離島嶼，在大陸邊緣設下防線，但沒有什麼擋得住隨風飄來的細小種子。大陸一個接一個失陷，退無可退的人們只能放下武器，思索在核樹林中生存的方式。

其實核樹林本身是純淨而不傷人的。人們不難在核樹林中獲得生活所需的一切，只是什麼也留不住。分解的速度實在太快，所有堪稱先進文明的物件都逃不掉化為養分的下場。書本整排整排地發霉腐爛，金屬塑膠零件被細小的根芽一片片拆解，直到一切都化為森林的一部分。於是人們放棄了口語以外的傳承方式，拋下所有工具轉而擁抱森林過剩的營養，像一群會說話的野獸，孕育起無憂無慮的下一代。

但有些人不願放棄過去的輝煌文明，即便那就是他們淪落至此的原因。他們在最乾燥的沙漠中央地下打造了密封的基地，不再允許任何生命靠近。基地有著堅固的一層層外牆，維生系統除了陽光外什麼都不從外獲取，他們把地球的一部分和人類文明的精華——所有他們創造出來、他們認為有價值的實體、記錄、解釋……一起關在這巨大密閉艙裡守護著。他們要和核樹打賭，誰才能堅持本性到最後，看是人類基地的封閉循環先失效，還是核樹先到達演化極限，停止加速生長，或開始加速衰亡。

堅守了數百年後，這賭局意外地提前結束。沙漠中一次極為罕見的少量降水，加上幾個頑強的核樹孢子，一下就決定了勝負。勉強活下去的菌絲釋出極其微量的酵素，然後一點一滴地，像一根頭髮花了一百年穿過牆壁，不可思議地在滴水不漏的第一道防護牆內，綻放出一小片斑紋。

人們沒有驚慌也沒有悲憤莫名，反而有種如釋重負的喜悅。畢竟沒有人會因此失去性命，只是長久以來的堅持到了此刻不得不放棄而已。人們用最後的目光記住文明的精華，然後將以數位儲存人類文明的基地核心部分發射出去，在無邊的宇宙中期待被另一種文明重新解讀。在冉冉上升的白雲柱下，基地第一次打開了大門。人們獲得了自由——想進入新世界的，就趕快趁著交通工具分解前橫越沙漠，儘量接近核樹林的懷抱；想留在這裡的，就在這基地化為綠洲，到它乾涸之前，好好享受文明在地表上的最後時光吧。

DATA FILE.

022

舊日之神

TYPE : Erectus

FORM : Agamidae

前篇

天還沒亮我就醒了，但夜晚殘留的寒意讓我難以動彈。倉促爬起來會很不舒服。等陽光把土地曬暖一點才好；嗅到那股解凍的氣味，我才想往外爬。

其他人已經在外面曬起太陽，A抬著頭望著天空。

「是個好天氣啊。」我說。

「就怕太好了，那些傢伙也起得早。」A頭也不回地說。

另一頭，B正一邊曬著太陽，一邊剝著身上的皮屑。

「你在想什麼？」我記得我以前會這樣問。

「沒想什麼。」她說。

望著她讓我也想不出什麼，只有飄落的皮屑一閃一閃的。

「皮屑挺麻煩的嘛。」

「嗯。」她停止了動作。

「是在緊張嗎？」

「我沒有什麼感覺。」

聽到這種話其實也沒什麼，只覺得空空的。太陽讓我暖和了一些，也讓我開始感覺飢餓。

我們不得不抵達的目的地，今天應該就要到了。我們接連在堅硬的岩盤上走了好幾天，被太陽曬得思考停止，被黑夜凍得四肢僵硬。有沒有食物要看運氣，我們不是擅長合作的獵人，時機不到，就沒有分享的義務。一起行動與其說是為了遇襲時互相保護，還不如說是增加自己逃命的機會。

「有看到什麼嗎？」一個人問走在前頭的A。

「什麼也沒。」他甩著頭回答。

「不太對啊……天氣這麼好，風也停了，那些傢伙不是都會出現嗎？」另一個人問。

「誰知道！」第一個人說。「我們那邊是這樣，可是沒什麼人來過這裡……」

「難道真的是因為它？」我問。

「別隨便提它，你知道的。」B警告。

「都到這邊了還不能提嗎？」我忍不住反問。「況且我們都夢見了不是嗎？」

大家沉默不語。每個人從小就知道不要談論它，更不該靠近它的世界，一代又一代，大家都是這樣遙遙望著舊世界的陰影。大家都聽說過，打造舊世界的「它」，比創造我們這世界的神還要古老；它曾大步跨過我們渺小的世界，直到敗在我們的神之下；但它並沒有死去，它只是在我們神的腳底下沉睡著，等待著我們的神倒下，屆時它就會撕開大地，一統整個新與舊的世界。

「……所以你們兩個也夢見了？」沉默了一陣子，A才開口。

B點點頭。

「我從三天前開始夢到的，」A說，「一整片冰冷。」

我們都知道，沒有什麼比冰冷更危險了。一開始有如尋常的睡意，但這次死亡吞噬著知覺，一路從末梢咬上心臟，然後，一個熟睡的人，或者是一整群熟睡的人，就維持睡眠的姿勢再也醒不過來。所以俗話說，每一次醒來都是神的祝福。

「我是兩天前夢到的，冷冰冰的，可是又有火焰，燒得那些傢伙死在地上。」另一個人附和。

「也許不要再靠近比較好。」B說。

「可是那些傢伙在夢裡都燒死了不是嗎，你應該也看到了吧？」我問。「而且也回不了頭啦。難道現在要回去嗎？」我看了B一眼。

B冷冷地瞪著我。她看起來更像個討厭的競爭者。我真的和她在一起過嗎？自己都想不太起來。

我們是不得不往舊世界前進的，或者說，我們一天一天緩慢推移著勢力範圍，不知不覺已經來到了這，回不了頭了。原本的土地上越來越難找到食物，而「那些傢伙」卻越來越多，我們不離開就更難活下去。「那些傢伙」是天上的一個點，不知繞著什麼整天轉著圈圈；但如果你發覺他繞著你的頭頂轉圈，那你最好開始拚命躲、拚命逃——眨一下眼睛的時間，那一點就會變成大石頭對準你砸下來，從此再也不會有人見到你。

僅剩的安全地帶逐漸擠滿後，我們只能在打鬥中一次次地被向外趕，直到有天每個人都做起一樣冰冷的夢，才發覺舊世界已經出現在我們眼前。夢裡我們的身體無法動彈，某種世界上不存在的聲音規律地唱著，碎裂的地表不停逼近，我們想逃卻無法轉身，那時天上那些傢伙卻燒了起來，一邊縮小一邊飄落，在我們腳前變成一個焦黑的點。

我們越靠近遺跡，就越少看到那些傢伙，也許是那些傢伙也作了一樣的夢而不敢接近吧。如果真能有一個地方沒有那些傢伙的威脅，食物就不成問題，花多少時間在外頭找都不必擔心安危。只要肚子飽了，也許B又會恢復以前那令人著迷的光澤，但那時候只怕A還是誰也會想要B……先別想了，該想的是能不能活著走到那邊，要活就不能停在現在的岩盤上。岩盤上沒有遮蔽，下頭也挖不出一點吃的，我們只能忍著越來越灼熱的步伐快速通過。

我們的身影在這淡紅色的岩盤上應該很明顯吧，我忍不住著急起來，但又逼自己不要再想下去。灰色的舊世界離我們越來越近、越來越高，深處彷彿還透著一點翠綠。令人懷念的翠綠帶來希望。

「快散開！」A突然大吼。沒有人抬頭看，聽見任何反常的聲音我們早就本能地改變方向，用最快的速度跑，跑到有地方可以躲，跑到腿再也動彈不得，跑到聽見更恐怖的聲音出現為止，包括從自己身上發出的慘叫。我沒跑幾步，就感覺自己撞上了什麼失去平衡翻了好幾圈，四腳朝天但仍停不住狂奔，我還能自由扭動的只剩頸部以上，轉過頭去看見的，卻是和我一樣原地掙扎的B。一陣大風沿著地面吹來，不用看也知道那些傢伙沿著地面來了，我連忙一扭身恢復姿勢要往前跑，起步卻看到B仍翻不過身，還在那兒抖著。

忽然一股前所未有的感覺壓過了全力逃走的念頭，我幾乎是以逃走的速度衝向B，用身體護住她；當那風從背後吹來時，我忍不住扭頭多看了一眼——那是個光身體就有我兩倍高的怪人，平舉著大到離譜的雙手，弓起來的腳懸在空中不動卻比跑的還快，眼看著就要撲到我們面前了。逃和保護B的直覺一起燒著，逼得我居然做出了自己從不相信能做到的事——我居然一邊抱著她、一邊奔跑。這感覺太新奇了，只是速度實在太慢，背後的陰影已伸到我們面前，風彷彿要直接抓在我身上，我只能再加把勁，跑到讓肌肉骨頭都變形似地，居然就超越了陰影的追趕，直到絕壁擋在我們面前。

「B，往上走，你可以吧？」我問。然而B卻露出一種迷人的表情，我記得只有過去那時候她才會那樣看我……

「走啊！不走就要被……」忽然風停了。我轉頭一看，那怪人已經掉頭飛離了。它只要撲過來就結束了啊。我望向絕壁，發現它是直直朝著天頂去的。而在那上頭，一張人臉垂在絕壁頂端，朝下望著我們倆。仍未死心而在人臉旁邊繞著圈圈的那傢伙，就只是個微不足道的小點而已。

「我們的神啊。」一瞬間我垮了下來，重新活著的感覺讓我全身充滿了一種不合時宜的衝動。我抓緊了B。

B也望著上方，整個人鬆軟了下來。她迷人的光澤泛著鮮豔的色彩，一個女人只有在那個季節才會出現這樣的姿態，但絕對不是現在。怎麼我們會是在這時候對彼此有這樣的感覺呢？也許這就是神的力量吧。我用力地壓在她身上。

「其他人呢？」B用那一對泛著虹彩的大眼望著我。

「不知道，應該已經分散了，不過也沒關係。有神保護我們，那些傢伙不會靠近了。」

「走上去吧？我想在祂身旁。」

我點點頭。

我跟在B的身後往絕壁上走，深怕有其他危險再度靠近。陽光照在她的身上，令她全身的層次如此清晰而亮眼。我仍舊不解，就算剛剛那只是一陣錯亂，現在我不是也該捨棄她了嗎？應該來的冷漠和排斥感又去哪了？而她呢？她不是也該離我越遠越好，以方便獨自養育那些孩子嗎？

但我不想問了。我第一次有一種想法，也許我們就這麼一起走下去吧。

我終於走到絕壁頂端，看見B呆在原地，動也不動。我順著她的視線看去，也跟著難以動彈。神的臉孔像是絕壁上的另一座小山丘，不知沉睡了多久，才會那樣布滿青苔。我朝他的頸子看去，才發現越過絕壁的另一側向下也是整面絕壁，就像整排脊骨從我們的背上高聳地突起一樣。我們的神將頭擱在這雙面絕壁上，頸子斜斜地往絕壁底端伸去，讓軀幹整個淹沒在底下的沼澤深處。那一片沼澤過去就是舊世界，到處都是荒涼的大山，山頂上躺著一道道彎曲月亮的形狀，有些還斷了。綠樹稀疏地從大山的破洞長出，有些順著山勢向上爬，纏繞住彎曲的月亮。

「好美。」B忍不住說。

「真的。」我貼著B的臉頰，想看見她所看見的美。

但就在這時，整個世界震動了起來。我們連忙跑向神的面前，但它的頭頸間卻冒出一道道裂痕，整段頸子隨即崩裂掉進絕壁下的沼澤，炸開深綠色的巨浪。月亮的尖端崩塌落下大山，山也出現了裂痕，向內坍塌。樹沙沙地搖晃著倒下，而我和B只能互相抓緊，靠在神的臉頰上——

一整層白煙冒出沼澤往天上飄，我感覺到夢中的冰冷隨之而來。白煙散去後，沼澤中間出現一道大裂縫，把泥水急遽地吸了進去，直到澤底只剩一層綠色的薄膜，裹著神比任何山都要巨大的軀幹。一雙手伸出來抓住裂縫邊緣，然後慢慢頂出頭，然後是身體。它看起來像是剛睡醒，還沒曬過太陽而四肢無力，向前幾步就趴倒在地。然而太陽居然眷顧著它，沒有多久就讓他恢復力氣，它緩緩抬起身，然後做出了我剛剛在驚慌中偶然學會的新姿勢——

用兩條後腿站著。而且直直地站著，不需要尾巴。它居然沒有尾巴。

它的臉凹進了頭顱裡讓我無法看清楚，它的脖子又粗又短，前腳像那些傢伙一樣平平伸出來又往下垂，而它居然能用這姿勢往前走！它沿著神的斷裂的身軀和頸子走了幾步，然後停住，忽然在一瞬間脫下皮。不是像我們那樣口手並用、前後進退地脫皮，而是像食物的硬殼一樣剝裂，露出裡面的肉，然後那肉就走出了殼，對著我們抬起頭。它的臉醜惡的不像人，連那些傢伙飛撲過來的嘴臉都比它好看太多。我無法分辨那臉有什麼表情，更不用說那兩條縫似的眼睛，根本看不到裡面有什麼，但它確實正看著絕壁上只剩下一顆頭的神，還有我們。

我們好不容易到了神的身邊，但舊日之神已經醒了。在舊世界和我們的新世界都被它主宰之前，我只能和B，還有我們的孩子盡全力活下去。

我在一片冰冷中醒來，無法動彈。但在我察覺到冰冷以外的事實之前，我又沉了下去。

每一次這樣短暫的醒來，都讓我更了解夢是什麼。夢就像水面下的自言自語、自導自演，但只有少數浮出水面的能被記住。那些回頭下沉的夢就永遠失去形體，我只能假定它們依舊存在，並占據了睡眠的每個縫隙。我每一次醒來，彷彿都能猜出一點零星的答案，多虧這無止盡的醒醒睡睡，我才能在一次次猜想中逐漸明白夢的本質。只是，什麼時候才能完完整整地醒來？還是我永遠得像這樣睡著？

在無止盡的睡眠中，夢越來越真實，東一點西一點的碎片逐漸拼湊成完整的故事，甚至可以讓我在其中思考、回憶。但我也不知這樣得出的結論是否奠基於真實——我以前醒著時，也有過把夢當真，而在現實中夾雜錯誤印象的經驗，好比記得有一張從不存在的，某歌手第五和第六張唱片之間的暢銷大碟。

所以我也不敢確切地說，世界真的就像我印象中那樣毀滅，但除了我拼湊的印象，也沒什麼可以佐證了。世界的毀滅也許起於地表被掀開的那一天，那些怪物從扭動的海浪裡、從裂開的山谷間、從倒塌的大樓底下爬了出來，到處都是。我們還來不及思考牠們是什麼、在地表下潛伏了多少日子、為了什麼而重新現身，就開始反擊了。武器就和牠們一樣，遍布在北方兩道對立的防線下，沉睡在地底數十年，如今為了共同的敵人而同步啟動。

但實質的毀滅起於武器飛出的那一刻——它們就像一個個沉睡太久尚未清醒的人，歪歪倒倒地偏離目標，甚至在起飛前、在半途中就故障爆炸，除了灑下致命落塵外毫無效用。而且人們在混亂中高估了威脅，一口氣放出太多武器；怪物死絕後，濃到噁心的黃昏持續了好幾個月，遠方傳來的悶響和震波從未停歇。有時天上還會下起短暫火雨，落到腳邊，才看出那是燒成焦炭的鳥群。

人們早已無暇分辨是誰毀滅誰的，總之一切都毀了。我繞過在廢墟間巨大的怪物屍骸，聽從訊息的指引抵達避難入口。沉重的門在等待結束後，永久隔離了昏黃的天空，我們不停往下走，直到寒氣逼人。在那邊等著的老人們要我們脫光衣服，躺進一張又一張有蓋子的床，問我如果要很久以後才能醒來，我會想在什麼地方重新開始。我說我想去市郊的遊樂園——每個人小時候都曾走進寫著「古城」的大城門，在那些像古裝武俠片一樣的街坊中，想像自己活在遙遠的舊日。但只要整點一到、隆隆聲響起，大家就什麼都不管，三步併兩步跑到城牆邊，看那城牆下的池水逐漸翻騰、冒起泡沫，然後那個巨大的水怪就逐漸從水花中像座島般浮起，直到那顆蜥蜴一樣的頭，舉得比城牆還高；水流從它掛著水草的頸子往下落，好像一面瀑布，一道彩虹在裡面閃耀著。

他們點點頭，把蓋子在我面前蓋住，聲音從外面透過來，要我好好睡、慢慢等待新世界到來。在規律的機械聲中，我感覺越來越冷，身體逐漸無法動彈，只模模糊糊地聽見一些聲音，說著什麼逃生艙，什麼求救訊號，什麼傳遞意念的，還有什麼放射能的……然後就是無止盡的睡眠，和偶爾醒來時那一連串零碎印象，歷經夢中無數次的重覆拆開組合，以及其他碎片的不時滲入。那些入侵夢的碎片，彷彿像是另一個還醒著的我離開這冰冷地底，把地表上的世界揉碎灑進我的夢中，並一點一滴地凝聚成形，成為我對外面世界的認知——蜥蜴從怪獸頭骨的巨大迷宮中爬出。蜥蜴伏擊著甲殼蟲。蜥蜴攀上大樹的頂端，不為了吃或逃，只是看著整片天與地。蜥蜴為了繁殖，雄雌性短暫聚集起來交配，隨即又互相驅趕，雌蜥獨自尋找適合的產卵地點。蜥蜴為了地盤打架。一小群蜥蜴離開棲息地，冒著被鳥類獵捕的危險，穿越我們熟悉但褪色的、遊樂園外的紅漆水泥地廣場，而逐漸接近城牆邊。鳥兒在背後追著兩腿（居然是兩腿！）奔跑的蜥蜴，發出嗶——嗶——嗶——嗶的叫聲——

那股聲響大到把我硬拉出水中，我才發現它隨著一明一滅的綠燈同步律動著。

我感覺到夢的水面正在消退，確切的事實一一浮出且固定下來。我躺在當初那張冰冷的床裡，面前就是蓋子。綠燈的閃動隨聲響一起停止，我聽見那伴隨我不知多久的機械律動聲有了變化，正在啟動什麼。

「解凍程序進行中。請不要移動身體。」一個聲音說。

反正我現在也動彈不得，光是想著要動動指頭就好像要碎掉了一樣。

「溫度攝氏30度，正常。空氣含氧量百分之30，偏高。放射物質殘餘量……」

許多名詞我也聽不懂，只知道寒意卻除前還不要亂動，倉促起身會讓身體受損。要等到身體夠暖了，才能夠往外爬。

「體溫36度，心跳每分鐘72次，已達活動標準。防護衣組裝中。」

床的外層向靠攏，把我包了起來，蓋子一開，我就被一股力量推了出去，但我已睡眠太久，肌肉完全沒有力氣，才走一步就站不起來，只能匍匐著向外爬，浮著綠苔的泥水不停朝我身後流去。透過包住頭部透明的球形外殼，我看見遊樂園的大水怪居然就在面前，背後的岸上則是古城裡仿製的老建築，破洞裡都長出藤蔓，纏住了屋頂上僅存的半邊燕尾。我逐漸感覺到力量回到四肢而能跪住，接著撐起身體，然後勉強站起來。我試走了幾步，讓頭習慣直直在身體頂端。

「生理機能恢復，解除防護衣。」這是我聽到的最後一句話。衣服的正面喀啉一聲開啟，我走了出來，赤著身站在大水怪的軀幹旁。到底我睡了多久？水怪的脖子都斷了，頭還掛在城牆上。那顆頭的旁邊好像有什麼在動，我讓眼睛適應光線，再仔細看看——

是蜥蜴。兩隻蜥蜴四顆圓鼓鼓的大眼睛看著我。牠們像人一樣直挺挺地，還彼此依偎著。我想，我醒得也許太晚了。這恐怕已經不是我的世界了。

DATA FILE.
023

巨人入侵魔鬼海

TYPE : Bermuda
FORM : Philadelphia

那片奶綠色黏糊糊的前方有了動靜。實體的感覺向下累積，輕而透明的感覺浮了起來，但不分上下都逐漸清晰——不只清晰起來，而且越來越藍，藍到令它頭一次感到危險。

螢幕上，一個發著光的巨大人影，正從那兩種藍色的交界處走來。

四周的奶綠色企圖重新蓋住那藍洞，一瞬間它以為成功了，但一對發光的巨掌直接戳穿屏蔽，狠狠往兩邊一扯。瞬間張開的天與海彷彿比巨人還要明亮一千倍，照得那些船、那些飛機、那些生物無不感到劇痛。

甚至連躲在控制艙裡的它，都感到隱約刺痛。它望著面前無數個羅盤和儀表板，至少此刻它們還是在全空和全滿之間瘋狂地亂甩一氣，順時針或逆時針地指向每一種速度和方位。它覺得應該還有機會扳回一城。

五架編隊飛行的螺旋槳轟炸機，帶著朦朧的聲響，拖著奶綠色的黏霧前進，一到了巨人前面，忽然像中了邪一樣歪歪扭扭地亂飛一通，瞬間巨人彷彿消失在霧中。但巨人手一揮，黏霧散開，五架轟炸機朝著霧外筆直飛去，墜入一片深藍中。

又有幾架拖著霧的運輸機、客機想要如法炮製轟炸機迷航般的路線，卻也在清晰中摔進透澈的藍色裡，在波浪間化為明亮但陳舊的殘骸。巨人沒有停下腳步，綠霧被它逼著後退，在它面前重整旗鼓——在那朦朧中，大小船隻組成艦隊成列逼近，有被海蟲啃得到處是洞的十七世紀帆船，有載滿乾屍的日本小漁船，還有中間那艘看不出究竟是潛艇還是輪船的，有如浮在水上的工廠廢墟。船艦左右散開，圍著巨人拉起遠比飛機更寬廣的綠霧，有些甚至開了炮，某種低聲哭號般的怪響呼嘯著擊中巨人。

巨人抽動了一下，彷彿些許遲疑。它轉頭看了看身後的海，張開了右眼盯住艦隊。瞬間綠色的霧氣向四方炸開，讓整個古怪的艦隊曝露在光芒下，變成一堆尋常的沉船；尤其是那水上的龐大廢墟，卸除了霧氣之後，不過是隨便一艘結構不良的老運煤船而已。那些船彷彿羞愧難以見人地，一一沉進了蔚藍的波浪下。

看著螢幕上一架架閃動怪光的幽浮像氣球般在巨人肩頂爆裂，它開始意識到，這世界從未確切過的時間和空間，應該離其終點不遠了。幽浮裡那幾個假人的降落傘沒開，直直掉在巨人腳邊，那裡還浮著許多來不及躲避的水怪，已經死成一團團鯨魚內臟般的噁心東西。許多破布娃娃一樣的人魚翻著肚飄來，瞪大的眼睛此刻看來像在哭泣。

它仍抱著希望，操縱著殘存的綠霧，在巨人四周扭成一張張歪曲斑駁的扁平面孔，做著彷彿被中世紀刑具折磨過的痛苦表情。這似乎有效了，巨人畏懼地稍稍後退。但當那些面孔企圖扭曲得更淒慘時，巨人張開了左眼，直直盯著每一張面孔。

那些被盯住的面孔瞬時粉碎在半空中，把它面前的監視畫面蓋上一片發霉似的灰白。

畫面全部消失了。所有指針規矩地停在正確的位置，油表顯示全空，羅盤直挺挺地指著艙門。它再看了一眼待了二十幾年的控制艙，拉下最後一組電閘，走向艙門。在一陣明亮的刺痛後，它清楚看見巨人站在艦首外，背著蔚藍的天空，臉孔就和自己一模一樣。

每向前走一步，它就感覺到自己少了一些，但它知道自己只是消散，而不是消失。它最後拉下的電閘打開了產磁機，那台占了甲板一大半的機器，接著會產生超強力磁場，讓整艘船逐漸模糊，包括它自己。它也不知道自己化為霧之後會怎樣，只看到整艘船逐漸只剩輪廓，還可以看見腳下的海水也變成一片黏稠的奶綠色。

巨人用清晰的視野除去它二十多年來用謎團打造的恐怖世界，還逼它隨著一起消亡，但這根本不可能。只要巨人還在，它就不可能憑空消失。它只會重新出現，也許就在某個時間、在某個空間，也許一個不尋常的聲響、一個詭異的形狀，它就能找到出口瞬間現身，下一次巨人未必能抓住它，但它卻可以隨時讓巨人的雙眼再次閉上，使它回到它誕生時的那片未知恐懼中。

EPISODE : 6
尾聲

DATA FILE.

024

在我們的童年遺跡裡

TYPE : Nostalgia
FORM : Kukulkan

我望著前面一對對深色上衣和後腦勺，在靈車引領下緩緩走向殯儀館大門。殯儀館亂糟糟的動線很難讓人維持什麼最後的莊嚴，我忍不住想到那種購物車接成的長蛇，在超市停車場的車陣和人群間吃力穿梭。我試著不去亂想，畢竟這還是別人的喪禮；但我很難不去亂想，因為躺在靈車裡為我們開路的人是阿齊。

「就這樣子啊。」佑凡看著逐漸遠去的靈車說。

沒有人回話，反正那句話也沒有任何評價的意思。大家逐漸散去。

「要不要吃中飯？」小正忽然問我。

小正和佑凡好像因為業務往來，一直都還有連絡。他們滿口都是我聽不太懂的各種英文簡稱，一堆R啊D啊M的我都分不出來，也接不上話。其實好像也不意外，越久沒見的同學越容易這樣，但很奇怪大家還是會說要見面啊要見面，見了面卻也就這樣混過去。我想這就是阿齊後來再也沒出現的原因。他比我還不能接受這場合。

「阿聰，好像之前你和阿齊都比較有聯絡嘛？」小正忽然問。

「斷斷續續吧。」我說。「但最近也沒有。」

「所以你也不太清楚他幹麼要……」佑凡自己講出口就知道不對了。

我們一陣沉默。

「啊，先吃吧，不要一直講那些，菜都快涼掉了。」小正說。

「我最後一次跟他聯絡是去年。他打來問一件事，不是什麼很難的事，我就順便幫他了。」我轉著吸管說。

「是喔？什麼事情？」小正問。

「其實我也不知道怎麼說……他好像在寫什麼小說之類的，問我說知不知道要怎樣出書然後在誠品賣這樣。其實我也不熟，就把那些印書的網址丟給他。其實也沒幫什麼忙。」

「寫小說喔……像哈利波特那樣嗎？」

「他倒也不是想寫那種的。」我自己加了「倒也」，聽起來比較委婉。

「是喔？哈利波特那樣超棒的啊，本來人家是單親媽媽又離婚，寫一部小說就賣了好幾億本，還一直拍電影耶。」

不要再回話了，我心裡想，越回越聽不下去。這頓吃完就算了。

「他真的滿怪的。」佑凡看著我，「其實阿聰你也有點怪怪的，只是沒他那麼怪。」

「還好吧。」我不自覺地抓抓頭。

「你以前就怪怪的，你們不是還跑去學校的地下室在那邊玩什麼……大冒險？」

對啊我記得。我在想，一個人如果一開始就被分到怪怪的那一國，那不管日後做什麼，應該都沒辦法把印象改回來吧。那時候我剛轉學到敦化國小，班上一個人也不認識，下了課也不知道要跟誰講話。有人來問我問題，我一下子聽不懂，他們就開始笑我，然後我就更不敢找人講話了。回想起來那也沒什麼惡意，可能只是我自己太害怕了吧。

畢竟我從以前就只愛一個人看書。後來我在想，是不是因為常常搬家，今天還在的人事物明天就都不見了，所以才比較喜歡抱著書呢？我也不知道。那時候我最愛看的，是讀者文摘出的《古文明之謎》。那本又厚又重的書裡面，用好小的字和好大張的彩色照片，說著一個又一個古文明遺跡的神祕故事：在那些偏遠的沙漠、雨林或深山裡，到處都有古代留下的遺跡。那裡曾有過偉大興盛的文明，但不知為什麼，居民忽然都不見了，只留下空蕩蕩的街道、房屋，還有各種石柱、神像、浮雕，有些還留下了寶藏，像是蓋滿裝飾和珠寶的木乃伊。至於為什麼古代的人要蓋那麼多巨大的建物，而他們最後又去了哪？這個問題，連書裡的考古學家都不知道，而成為古文明最後的幾個大謎團。

對我自己來說，那本書自己就是個大謎團。不知道當時連字都不太會讀的我，怎麼有辦法從中得到那麼大樂趣。不用寫功課的時候我也不去玩，就只愛抱著這本書猛讀，讀了一遍又一遍，幾乎都要把整本書記在腦中了——當然，是整本書的照片，勉強加上照片底下的字，內文實在太多太難了，我後來才斷斷續續看懂。

那本書才是我小時候真正的課本和國語字典，只是上課用不到，下課還是用不到。老師沒聽過那些古文明就算了，我和同學講我在書上看到什麼，他們聽一聽，丟下一句你好奇怪，就轉身跑出教室互相追逐扭打成一團，留下我一個人在位子上，想像我自己穿梭在那些神廟、神像，或是復活島上的石像間，不停地冒險著。

直到某一天，我又在位子上重複冒險的白日夢時，一個同學忽然走過來。

「你上次說的那個復活島的摩艾大石像，其實它們都是有眼睛的喔。」

「真的嗎？」我嚇一跳。

「對啊，有考古學家在草叢裡撿到一個眼睛的石塊，所以他們以前有眼睛，只是後來掉下來了。」他像是背書一樣地回答。

「你怎麼知道的？」
「我家有科學雜誌這樣寫。雜誌還有講說，他們用什麼方法把摩艾大石像立起來喔。」
他就是阿齊。
之後每次一打下課鐘，我就會湊過去找他，兩個人聊古文明聊個不停。說也奇怪，一旦兩個人都一臉津津有味，別人看到也會覺得真有那麼一回事，就像小正和佑凡那樣——這樣想想，你們兩個人以前還不是會跑來聽，所以應該也算是怪怪這一國的啊，我們當時還形成了一個四人小隊咧，為什麼現在就只剩我以前怪怪的？算了，和我最要好的確實只有阿齊，只有我們倆真正清楚那些古文明的秘密。不過，古代人消失了之後到底去了哪，現在恐怕也只有他才知道。
「說真的，你們以前到底在地下室玩什麼大冒險啊？從來沒有聽你們講過。」
佑凡問。
畢竟都過這麼久了，是沒什麼不能講。只是……
「幹麼，不能問喔。你們有難言之隱喔。」他露出不懷好意的笑容。

「沒有啊，沒有。」我連忙搖頭。

「不用特別問啦，尊重一下別人的隱私吧。」小正出來打圓場。他是那種時時關心別人的人，只是他什麼都不懂的關心，連同佑凡那種自以為知道的玩笑，合起來反而好形成雙倍的不愉快。

「又不是不能講。」我有點賭氣地說。「只是在這邊講你們根本沒辦法體會。」

「為什麼？」他們兩個一起問。

「要回地下室講才有感覺。」

我總覺得，回憶這種東西就像酒，太早打開或太常打開，味道都會變差；但不管你怎麼晚開少開，味道終究會流失一些，所以每次我想起這些往事都是淺嘗則止，甚至抱定了主意就是不去想。可是阿齊已經走了，我忽然有種衝動想把這一切通通倒出來，一口氣喝光。小正和佑凡再怎麼樣，都還是當年的四人小組，一起喝可以，不找個好地方，我怕他們喝不出味道。

「話說回來，我畢業之後從來沒有回過敦化國小耶。」小正說。一旁敦化國小的圍牆，如今已經比我們三個的頭頂還要矮了。

「也沒什麼事要回去啊。」佑凡回他。

「不會想回去看看老師嗎？」

「……還好耶，沒特別印象。」

「搞不好再過幾年就得回去了，自己小孩應該也要念這邊。你什麼時候結婚啊？」

「沒對象啊。」

「不會吧，你一年也領百萬耶。」

「之前分手啦。沒關係，單身最自由。」佑凡不想回就把問題丟給我，「嘿，阿聰，你有沒有要結婚啊？」

我走在後面不想回答。我正全心全意緊握著回憶的瓶蓋，深怕在走進地下室之前就溢出來。我看見前面佑凡跟小正在那邊講悄悄話，小正一直搖頭皺眉頭。以後再也不管他們怎麼講了。

以前不會有人想在週末靠近學校，但現在操場上到處都是運動的人。司令台、南大樓，看起來還是跟以前一樣，只是都變小了。

「你記得嗎，以前那個誰的手指在那邊被夾斷了，那時候大家聽到還以為是整根手指掉下來，嚇得半死，長大才知道只是骨折而已。」

「我怎麼沒印象。我只記得以前都在說過年有人手被鞭炮炸爛了，老師叫大家不要買沖天炮之類的。」

「就算爛掉也是被老師打的吧，哈哈。」

有些事大家都記得，但誰也沒真的看過，就像同學斷掉的那根手指一樣。但我和阿齊在地下室的回憶不是那一種。我們都沒有看見，可是都真的經歷過整件事。

那是一個斷掉的遊戲。只有知道古文明之謎的人才可以玩的遊戲。

「地下室今天不可能開吧。」小正說。

「如果是那個地下室，不開也可以進去啊。」佑凡往旁邊繞。「如果透氣孔還在的話……哈！他們果然只是把它蓋起來而已。」他伸手摸索起蓋住透氣孔的金屬板。

「所以你還是有回來嘛。」我忍不住質疑他。

「呃……也不是啦，那也是國中的事了，跑回來抽菸，哈哈。知道這邊很好進來嘛。」小正也偷笑了一下。

「阿聰你都沒聽說過嗎？像我們這種『壞學生』，都會跑回國小躲在這裡做壞事。」

「沒有。」我搖搖頭。「我國一就搬走了。」

「是喔……難怪我都沒看到你。好了！」佑凡拉開金屬板。

「哇，真的要進去喔。」小正望著底下一團漆黑，皺了皺眉頭。

「幹麼？來都來啦！你們應該還沒有胖到進不來吧，小正你加油啊！」佑凡一溜煙就鑽了下去。

「OK嗎，阿聰？」小正雙腳一鑽，上半身跟著掉進黑暗前問我。

「OK。」我點點頭，跟著鑽入黑暗中。

每個小學都有那樣的地下室：通常堆滿了各種用不著的桌椅、球具還是什麼的，空氣中都是木頭、灰塵和黴菌的混合味道，我從以前就最喜歡這個味道，讓我想到古文明遺跡。平常只有老師帶著才可以下去，大家兩個兩個把桌椅從裡面抬出來，過陣子又放回去，比較頑皮的還會在那邊「嗚嗚嗚～～」地學鬼亂哭一通。現在真的有人變成鬼了，也沒有誰聽過這種聲音。

我記得第一次進地下室時，我和阿齊兩個搬一張桌子。

「你不覺得那邊好像古代遺跡嗎？」他突然問我。

我看了看那方向，在昏暗的日光燈下，那面牆確實有一片很奇怪的花紋，好像遺跡那種石頭拱門似的。

「對啊，好像是耶。」我回答他。

「我們放學之後去那邊冒險吧？」他問我。

如果那天老師記得把地下室的門關起來，或者有人注意到我們的舉動，也許大冒險就不會開始了。那時候回家是很煩的——大家要先在教室外面排隊，按照不同的回家方向分成好幾個小路隊，然後在下面的小操場集合。接著各個班級的同一路隊一起出發，先是從南邊出校門的，然後是西邊，然後北邊，各分成兩個小隊順馬路左右側離開，最後才是東邊最後兩路。雖然每一班都有一個人要舉著小旗子帶頭回家，但其實出了校門過了地下道，大家打打鬧鬧擠擠散散，就各自跟著自己的朋友跑了。我和阿齊那天也是，走著走著越走越慢，直到所有同學都超了過去，地下道就只剩我們了。

「原來這裡就是地下洞窟呀！」我說。

當時還沒蓋好的地下道只有昏黃的電燈泡連在頂端，兩邊還有水嘩啦啦地流個不停，確實很像地下洞窟。

「不知道這會通到哪裡去？」阿齊問我。

「就回頭通到學校啊。」

「不對！是往古代遺跡的入口！」阿齊糾正我。「重來！不知道這會通到哪裡去？」

「出去之後我們就會到太陽城門，過去之後就會抵達神秘遺跡的入口。」我修正。

「好，那我們就準備出發了，沿路很危險，一定要小心！」阿齊說完，就往樓梯上的光亮走去。

「你們真的就這樣玩起來喔？」佑凡不可置信地問。

我點點頭。老實說我現在也不太相信，但當時真的就是那樣子。

當我們走上樓梯回到太陽底下，瞬間我倆就身在無人的古代遺跡間。我認得出那是學校的圍牆，也認得出我們平常經過的十字路口，以及中間的圓環。地上的形狀都一樣，可是上面都變了。圓環變成了十二根石柱撐起的祭壇，頂著最上面一隻長著羽毛的大蛇，綠色的小碎片鑲滿全身，讓它閃閃發亮。十字路口不再是柏油路，而是一塊塊被陽光照得像黃金的石板。牆壁還在那兒，但變成巨大苔綠色石塊砌成的牆壁，一點縫隙也沒有，上面還釘了好多奇形怪狀的臉孔；原本立在那的紅黃綠三色外星寶寶，現在變成了三個戴著盔的巨頭像，瞪著大眼一臉肅穆；沿著牆壁過去，我們的校門變成了ㄇ字型的巨大岩塊，抓著一道道光芒的太陽神，從正上方瞪大了眼望著我們。

「小心通過。」阿齊說。

「對，不要被它看到。」我也全身緊繃。

「數到三就一起往前跑。準備……一、二、三！」

我們齊步低著頭往前衝，腳下的陰影差點掃過我們，但一下就被我們甩在身後。

「成功了。」阿齊喘著大氣。

「接下來怎麼辦？」我問。

「按照我事前調查的地圖，」他真的從書包裡拿出一張不知什麼時候畫好的地圖，「入口就在記號這邊。」

「所以那時你們是從地下室正門進來的？」小正靠著一張積滿灰塵的桌子問我。

「對啊，大概是哪個老師忘記鎖門吧，可是我記得，那時候阿齊還在門鎖上那樣敲呀敲，東轉西轉半天，門就開了。」我忍不住笑。

阿齊小心翼翼地打開門，好像深怕驚動什麼沉睡的守護者似的。門縫夠我倆鑽進去，我正要往電燈開關那邊走，阿齊忽然拉住我。

「危險！不要亂走，等我開手電筒。」他從書包裡拿出一隻有手臂那麼粗的手電筒，打開開關，漆黑中就出現一塊明亮的圓，裡面每一件東西都亮得發青，背後拉著特別黑特別長的影子，隨著阿齊的手左右搖擺。他讓照到的一切都變成了清楚但難以辨認的形狀，又彷彿活生生在那邊動著。

「真正的冒險就從這邊開始囉。」阿齊說。

手機有一個功能叫魔燈，發出的光小但更亮，照著依舊堆滿雜物的地下室，彷彿從我們上次離開後都沒再變動過。

「哈哈，他真的那樣講喔……以前真的超好笑。」佑凡胡亂照著牆上的塗鴉說。

「那之後呢？你們就一直在這裡面一邊幻想一邊繞嗎？」小正問。

「我們後來找到往另一邊的通道。」我說。

「另一邊的通道？你說我這邊？」佑凡回頭問。

「對啊，沒有嗎？」

「學校的地下室要不就整個打通，要不就分成好幾個，中間不會有互通的道路的。」小正說。

「可是當時真的就有啊。」

「會不會是你搞錯……」佑凡忽然停下來。

「怎麼了？」我問。

「阿聰，你是說這個嗎？」

我和小正朝那一看，在成堆的課桌椅後面，確實有一個像是入口那樣的東西。我們把桌椅一張張搬開，發現以前我和阿齊兩人抬的桌子，現在一隻手就可以舉起來了。移去所有桌椅，石塊砌成的拱形入口出現在我們三人面前。

「就是……這個！」我指著入口，彷彿看見老朋友一樣欣喜。

「學校有這種東西？」佑凡看著中間的漆黑，退到我們身邊。

「也許是更之前的設計吧。」小正說。「我們學校也滿老的，也許以前有過這樣的設計，比如說防空洞之類的，搞不好後來擴建就沒再重蓋這邊了。」

「我們當時應該就是走到這邊了。」我朝著漆黑走去，「再過去是怎樣我要再想想……」

「等下，你真的要繼續走嗎？」佑凡問。

我看著他一臉疑慮，反而讓我有點得意地想往下走。「這邊只有我和阿齊來過，要不要跟隨你便。」

「你確定你走過嗎？」小正問。

其實我還不太確定，但我點了點頭。

「那應該就是通到另一邊而已，佑凡你不來嗎？」他看看佑凡，他還在張望。

「你們都保證沒問題齁……」他看了看後面，跟了進來。

「好奇妙喔，學校居然有這樣的設計。」我走在前頭，舉著手機的魔燈。

「但這現在沒什麼用啊。」小正說。「應該是要整個打掉重蓋比較安全。」

「對啊，」佑凡在後頭聲音聽起來有些顫抖，「不知道留這要幹麼。」

「你們都不會覺得……保留這下來也挺有意義的嗎？」我忍不住問。

後面只剩下腳步聲。說實話，我滿羨慕他們的——他們對於每天會碰到的人事物，已經有了一套標準的處理程序，所以時間到了要結婚、不安全的地方要重蓋、工作完了要繼續下一個工作……而且重要的是，他們按照那套標準所做的行動，會帶來預定的結果，別人就算沒思索其中的意義，至少看到了結果，便會肯定他們的標準、他們的行為和他們本身。

我本來也有。或者說，我覺得我一直夠聰明，知道做什麼可以像他們那樣，但不知從什麼時候開始，我一旦懷疑了那樣的標準，就再也跟不上他們。慢慢我就沒辦法走他們的路，雖然我很清楚，像現在這樣一直猶豫著思考著，就永遠沒辦法大步向前行。也就這樣，我變得越來越忍不住回頭看，此刻則是不時回頭看著阿齊，想像著如果他不這麼硬生生停下他的腳步，他會走到什麼樣的奇妙地方。

還是說現在我們就走在那腳步上？我忽然全身一冷，停了下來。

「怎麼了？」小正問。

「沒……沒事。」

「不，不太對勁。」小正突然說。

「哪裡？哪裡啊？」佑凡背朝著小正靠過來。

「這通道已經比整個學校還要長了。」

我剛剛在煩惱自己的事，根本沒留意小正的觀察。然而我把魔燈轉過來時，光卻在通道壁上照出了難以置信的東西。

「是、是浮雕。」我說。

「浮雕？那這就算是古蹟了，也許就應該保留下來當古蹟，不曉得是清朝還是日據時代……」

「不、不是，這不對。」我說。

「不對什麼？」佑凡問。

「這是，馬雅的浮雕。」

「馬什麼……？」

「馬雅！」我大喊，「美洲的馬雅！」

「你在說什……」忽然我們都聽到進來那頭傳來嘶嘶聲，在通道中化成好幾道分別鑽進我們耳朵。我們感覺到什麼堵住了通道口，一股風壓像捷運列車進站一樣澎一聲穿過我們，從佑凡舉起的手機中我們都看到了，一團五彩斑斕的羽毛向我們飛來，在離我們不到五公尺的地方忽然變成一張血盆大口，還吐著分叉的舌頭。

我們拔腿就跑。根本沒有空閒舉起手機照明，我只能從和腳步一樣紛亂的光照中看見牆上無數奇形怪狀的浮雕，好像活了起來一樣地竄動著。我們和它們比賽誰先找到出路，忽然前頭出現昏紅的光芒，我們便向那光芒直奔而去。一瞬間視野開闊起來，面前的景色讓我不自覺停下了腳步，隨即被小正撲倒，然後又絆倒了佑凡。我們喘到無法怪罪彼此，也因為我們都看傻了，說不出話來。

這是地底下的巨大遺跡。我們面前是一條大道，兩邊有金字塔，但不是埃及那種，而是更扁平的金字塔。各種用大石頭砌起的神廟、祭壇、大小房屋井然有序地沿著大道兩旁交錯陳列。背後傳來一陣聲響，我們轉頭一看，原來剛剛的出口是在一座小金字塔上，而剛剛在追我們的東西正緩緩從通道爬了出來，我認得那就是羽蛇神；牠石綠色的鱗片懶洋洋地繞了小金字塔兩三圈，隨即又消失在方才的出口中。

眼前的一切讓我害怕，卻又透著莫名的親切。這裡的每一塊石頭、每一座雕像，我不知都看過多少回，它們的照片、它們照片底下的字。那些形容都好生動，只是每天背課文背了十幾二十年，早就把那些詞句埋到地底深處了。

「城內的藝術品和建築物在陽光下閃耀生輝，連勇猛的阿茲泰克人見了也不免生出敬畏之心。」

「你說啥？」佑凡問。

「眾神之城，陶蒂華康……沒事。」

「有東西來了。」小正忽然壓低了聲音對我們說。

大道盡頭，一支隊伍正繞過一座祭壇，轉朝我們這頭過來。沒有步伐，只有磨擦聲。等靠近一些，我們才發現那隊伍高得嚇人，全是只有上半身的摩艾石像，從底到頭都是深褐色，有些還頂著巨大的磚紅色石塊，像是禮帽。它們像是被隱形的繩子拉住般一路朝著我們拖曳而來，我們只能一再向後退。忽然它們停了下來，一起長出眼睛，淺色的石頭眼白、深色的石頭瞳孔，又繼續朝我們直直逼近。

我們轉身就跑，但不管往哪邊，都跟那條隱形的繩子同方向，被它們一路追趕，忽然我看到右邊一座神廟有個一人大小的長方形黑洞，「往那邊！」我大喊，三個人推擠著鑽了進去。

從裡面往外看，通道的入口規律地一明一滅，伴隨著一聲聲撞擊。摩艾們直挺挺地進不了入口，就在外頭反覆地前進倒退，像壞掉的機器娃娃一樣。這樣子不管多久都進不來。

「阿聰！這到底是怎麼回事？」佑凡忽然大吼。

「我怎麼會知道？」

「是你弄的吧？從剛剛就在那邊念什麼，」他結巴了一下，「那個的……」

我也知道他想小聲避開哪個字。但也只有那個字說得通。

「佑凡，冷靜，」小正說，但他聲音也在抖。「先暫停一下，暫停一下。」

「緊急電話應該還撥得通才對，」佑凡舉起手機，「我辦這家就是要到處都有訊號啊……」

看著佑凡想往洞口走去又不敢走，小正臉上反而露出他不該有的、那種阿齊才會有的表情——一副準備要嘲笑人又不敢明說的笑意。

「你怎麼在笑啊？」我問。

「我們往下走了那麼深，現在又在另一條地道裡，怎麼可能收到訊號？虧他還是通訊所畢業的呢。」他忍不住笑出來。「怎麼了？」他看著我。

「沒事。」我說。我大概是不小心露出更想挖苦人的表情吧。如果是阿齊的話一定就直接講出來了。

我後來再遇到阿齊已經是高中。自從我小四轉學以後，我就再也沒有那樣冒險了。我只能跟著大家玩，想辦法說服自己喜歡那些遊戲，但其實不管躲避球、足壘球還是後來流行的籃球，我都遜到沒人要找我玩。隨著下課時間越來越晚，我常常一個人跑去附近書店二樓坐下來翻書，一翻就翻到天黑，才數著人行道的地磚回家。後來書店也沒什麼喜歡的書了，我就改打電動，但跟別人打我也不行，到最後都在玩那種一個人組小隊伍的角色扮演遊戲。

後來大概是我真的想通了吧，還是因為長大了？我學會跟同學聊上學前放學後看了什麼卡通、晚上看的X檔案，慢慢我好像就可以跟大家講話了。雖然講到X檔案偶爾會令我想起古文明之謎，就忍不住越講越長，但我也學乖了，如果別人看起來一臉無聊，就不要再講下去了。多少也是靠著古文明之謎吧？最後聯考考出來國文歷史地理都快滿分，都是老早就讀過的東西了。

因為這樣我才再次見到阿齊——在我從附中搭公車回家的站牌，我看到有個同學低著頭，側面看起來好像他。我仔細盯著他制服上彎曲的名字，確認後靠近問，「你是阿齊吧？」他抬起頭來，愣住了。雖然臉變長了、五官變寬了一些，個子也變高了，但那確實是阿齊，只是他看著我，像是忘了我是誰。

「我是阿聰啊！」我興奮地說。

就只有那一瞬間我看到他露出欣喜的神情，就那麼一瞬間，然後就沒了。

「嗨，」他說。

「好久沒看到你了！」

「喔，對啊。」

我忘記那天和他的重逢是怎麼結束的。就像跟隨便哪個不熟的人一樣，越講越沒有話，然後不知道誰就突然說，那我先走了，反正兩個人都想走。

關於他的事後來是聽他們班說的。說阿齊跟誰都不熟，怪到不行。講話像卡通人物一樣怪腔怪調。真要好好聽他講幾句話又聽不懂，還被他嫌。還說到後來他只跟班上那些一樣怪的人講話。

而那時候我沒想那麼多，每天只希望趕快下課、趕快玩社團、趕快考完試、趕快放假、趕快上大學……只有一次，我記得都高三了，念書念到真的很煩，就跑去漆黑的新北樓二樓走廊透透氣。那裡上下左右都特別開闊，還有很好坐的水泥平台，在那邊靜悄悄看著漆黑的校園就沒那麼煩悶了——沒想到阿齊也在那。

「嗨！」我打完招呼，正要挑個遠一點的平台，他卻忽然問：

「阿聰，你後來去哪裡了？」

後來我們講了什麼，其實大部分都忘了，在黑暗中只靠著聲音溝通，逐漸會有一種不像是自己在講話，而是話自己在說的感覺。尤其在講一些得要回想的事情時，甚至會有種倒帶到那時空再自動運轉的感覺。邊想邊講下來，從舌頭到喉嚨到整個身體裡都會有點麻麻的，又帶點暖呼呼的滿足感。

我大略記得他提到，我轉學之後他還是繼續迷古文明之謎，同學懶得聽也沒差，反正他連寫作業、寫聯絡簿、美勞課畫圖，也全部都在寫啊畫著遺跡、雕像、面具那些的。他不打電動也不看X檔案，興趣以外就是被逼著上建中，但最後差了幾分。上課比以前難不說，現在去掉補習和K書寫作業，已經沒太多時間讓他繼續著迷，但即便如此，他持續蒐集的資料講出來還是讓我嘖嘖稱奇；最初那本書裡的每一個謎，他後來都在別的書報雜誌裡找到更多更神祕的奇聞怪談，像是探索古代遺跡的考古學家整隊從地下宮殿裡消失、運送法老王木乃伊的班機在空中見到詛咒的雲朵以及各種不明慘劇，這一切構成了一個更龐大的謎團，包圍著我們這個自以為什麼都已經清楚的世界。

「可是我也讀過牛頓雜誌啊，」我忍不住回。「裡面都有說明那些古文明怎麼消失的，比如說馬雅……」

「你太嫩了。」阿齊笑著說。

「啊？」我一股氣上來。

「書上說的，你就信嗎？」他邊笑邊說，又「唉！」地用力嘆了口氣，像把它寫下來一樣刻意。「世上的謎，不是科學這淺薄之物所能一探究竟的，人啊，自以為是萬物之靈啊，我告訴你，」他語氣整個高昂起來，「你們都還太嫩了！」

「太嫩的是你吧。」我忍不住回嗆他。本來稍微放鬆的神經又繃得像沒休息似的，而念書的時間已經越來越不夠了。

「算了，我先走了。」我起身離開。上樓前我回頭看了一眼，阿齊還坐在那邊，「唉！」又用力嘆了一大口氣。回想起來我回嗆他那句話時，好像也不是真的想那樣說，而是話自己就跑出口，但已經來不及了。現在看來，阿齊說的確實沒錯。我們真的都太嫩了。

「佑凡！往裡頭走囉！」小正說。

「不好吧……」佑凡還滑著手機，企圖找出有格的訊號來源。

「那頭不通也沒辦法了啦。」我說。「而且，我總覺得一直走應該會越來越接近目的地……我猜的。」

這條通道沒走幾步就會出現階梯、拱門、石室或岔路，但岔路往前兩步就是牆壁，整條通道看似複雜，其實不過就一條曲線。但隨著我們越走越深，牆壁上的雕刻和花紋就越多且越混亂，彷彿全世界各種古文明的工匠一起打造的一樣。

「對了，」我照著通道兩邊問。「你們是不是說大學還有見到阿齊？」

「嗯，一開始有。」領頭的小正燈光直直向前照著。「他考上我們這邊……我忘記什麼系了，反正文組的。不知道是不是想轉系？大一還會在學校遇到，一開始我還認不出來。」

「我覺得還好啊！」佑凡夾在我們倆中間。「還是那個臉啊，跟以前很像！」

「最好是！」小正說。「只有你才認得出來，居然還約得到他。你應該當PR啦，浪費人才。」

「RD才是我的天命。」佑凡好像鎮定了些，「那時候還好啊，我覺得他雖然會講一些有的沒的，踐踐的不太鳥我們，可是感覺還算……OK的說。」

「對啊。」小正說，「對了阿聰，他那時候還提到你耶。」

「真的？」我問。

「真的啊！他還講到以前你們一起玩的事情。說什麼後來在學校很不好意思什麼的，聽不太懂。你們在附中吵過架喔？」

「也不算啦……」

那晚在二樓的對話，就是我最後一次見到他。接下來有他的消息，就是他那通電話，然後就是他的死訊。告別式那天，我感覺真正和他有話聊的，反而是那群所謂的網友，但老實說，當時他們談起阿齊，我其實一個字都聽不懂，而阿齊的家人反倒一直問我，他平常到底在想些什麼，因為他跳下去那天最後好像還說了什麼，好想找阿聰再來繼續冒險。

但那一刻我很難過地發現，我老早就不知道他在想什麼了。我只知道他在寫一部未完的神祕小說，關於那個他曾經想告訴我但我刻意不想聽的世界。但其實我嚮往過那個世界啊，我們一起的。只是我提前離開了，而他一直還想留在那裡。

所以我們現在就在那裡頭嗎？

「我覺得我們快要走到底了。」小正說。「我有在算，路是有點像立體的螺旋那樣朝中間前進，彎曲越大越頻繁，代表我們越接近核心。」現在他往前走幾步就消失在彎道後，我們只能加緊跟上，直到他停下來。

在他面前是一間小房間。牆壁和天花板上的浮雕已經多到讓人不舒服的地步，而在房間中央，是一口巨大的石棺，上頭是阿茲泰克的圓形曆法圖，刻著一圈一圈代表年月日和黃道十二宮的華麗符號，中間有一張臉。

我不用靠近看就已經夠清楚了，因為那就是古文明之謎的封面，只是那張臉像極了阿齊。這張圖也出現在整本書的尾聲，搭配著一句話：

「進洞越深，轉折越多，越覺得微弱燭光之外，只是漆黑一片。」

「你又在說什麼啊？阿聰，你是不是其實都知道是怎麼……」

「古文明之謎。這本書要結束了。」我衝上前去，用力挪開石板。

沒想到石板那麼輕，像書封一樣一掀就開了。然而在那底下的，卻是一道筆直的階梯，深入下方不知多遠的黑暗中。

「這絕對不合理！」小正大喊，「到了最核心不可能還有向下直線的路，我剛剛一直都有在算！我是不是漏了什麼？……」他開始低頭默默重複我完全聽不懂的數字和英文。

「這其實是夢吧，哈哈哈。」佑凡古怪地笑了出來。「阿齊根本沒有自殺，其實是我們三個都死了吧，你說對不對啊阿聰……」

我忽然好像懂了。

「對。」我說。

「對什麼？」他們兩個回過神來。

「我們的冒險從來都沒有真的結束。」

我記得那時候，阿齊的手電筒照到課桌椅後面一塊顏色特別深的痕跡。我們小心翼翼地蹲下來靠過去。

「糟了，入口被擋住了。」阿齊說。「藏寶圖說寶藏要從這邊進去啊！」

「沒關係，我們可以變成羽蛇神，然後就可以從這個洞鑽進去了！」我說。

「好，那我們一起來唱奧梅克人的羽蛇神之歌！」阿齊接著就唱起了他自己編的一首歌，用他自己發明的奧梅克語，怪異的音調在地下室裡分成好幾道來回重複，而我不知不覺也跟著唱了起來，我們就變成了兩條綠色的羽蛇，鑽進了那片黑暗，在那裡頭盡情地玩耍。

「天啊！在這地底下居然有這麼大的金字塔！」

「那一座是太陽塔，那一座一定是月亮塔！」

「那那座就是豹神塔了對不對？」

「沒錯！……糟糕！摩艾大石像來抓我們了！」

「快逃！快逃！」

「躲到吳哥廟裡面就安全了！」

「快一點～」

我們其實知道自己只是蹲在原地，望著牆上的一小片污點而已，但我們也真的就在古文明之謎構成的巨大遺跡中，停不下來地冒險。我們能夠區分真實和幻想，但我們喜歡不那麼分明，這樣才好玩。我們想要這世界什麼都分不清，我們想要同時活在兩個有趣的世界裡，我們想要一直——

我感到耳朵一陣劇痛，痛到把整個古代遺跡都撕成了兩半，痛到讓我一下子分不清這裡是哪裡、我剛剛在做什麼。我只聽到一陣巨吼：

「你們兩個不回家在這邊幹麼？」

轉頭一看，老師憤怒的眼神惡狠狠地盯著我們，因為我幾乎是被捏著耳朵擰到地上，所以老師那一張眼看起來像在天花板上一樣高。

「我……我們在……冒、冒險。」阿齊摔在另一邊，支支吾吾地回答。

「冒你個大頭險！」

我嚇壞了，一邊發抖一邊找藉口，「阿齊他說這是大冒險……」

「他說要吃大便你就去吃大便喔？」

回想起來，那句身為老師根本不該說出口的話，卻一瞬間讓我懂了所有道理。我的冒險，就是在那一刻中斷的。如果老師沒有來制止我們，這冒險是不是就會一直玩下去呢？回想起來，以前不管是什麼遊戲，除非鐘聲響起，否則遊戲本身從來都不會自己結束，頂多是我們自己玩著玩著，把遊戲忘了……我想今天就玩到這裡吧。阿齊啊，我已經很滿足了。

「小正，幫我一個忙。」我說。「我接下來數一、二、三，你就照我說的去做。」

「你在說什麼？」

「你站我背後，捏住我的耳朵。」我已經感到耳朵隱約而懷舊地刺痛。「我數一二三，你就用力捏我耳朵，同一時間大聲吼，『你們兩個不回家在這邊幹麼？』」

「這是哪招？」佑凡問。

「結束我和阿齊的大冒險。」我轉過身背對他們。「小正，你可以嗎？」

「你們兩個真的都很奇怪。」小正說，我同時感覺到他捏住我的耳朵。「但也真的很妙。」

「對啊。」我笑了。「從以前就一直這樣。」

我記得我從附中畢業那年，學校發生過一樁神秘事件。我們學校有一項傳統是，推薦甄選上大學而提早放暑假的高三生，會組織起來把畢業典禮的禮堂布置成主題樂園。那年他們花了很大的心力，把那條直通禮堂的走廊，用古典宮廷風格搭得千迴百轉，但聽說就在典禮前一晚，有些在裡面收拾的人，不知為何困在裡頭，怎麼走都走不出來，明明就只是那條走了三年、短短不到十幾公尺的走廊而已。通常人們會說那是鬼打牆，但我覺得這和靈異一點關聯也沒有。他們只是太捨不得這三年的回憶，所以心甘情願地困在自己精心打造的主題樂園裡。但畢業典禮終究會在明早到來，我們還是得逼自己長大。所以我閉上眼睛，等待那從童年就忘不掉的劇痛。我希望這真的能讓我們離開這裡。也許我希望……

後記

DATA FILE.

000

孩童丙倖存報告

TYPE : Metamorphosis

FORM : Me.

怪獸所帶來的，還是用怪獸來解決最適合了。

在我的作品中，怪獸的起源有一大部分來自童年經驗。許多故事講的就是那時親身體驗，那個「怪獸孩」怎麼想像、發現、接觸並失去怪獸的過程。小時候我最愛的書是一本印刷粗糙的怪獸百科，我曾把它翻了一遍又一遍，希望能看出更多沒寫出來的故事，直到有天隨便租來一捲錄影帶，一看全是怪獸片的電影預告，那本書中的單色怪獸在一個半小時內全都鮮明地動了起來；我也記得，本來一樣喜歡怪獸的同學，聽說我寒假去看《六度空間大水怪》，當面嘲笑我怎麼還那麼幼稚。我更忘不掉WOWOW台忽然變成一片空白，從此再也沒有電視台固定播映怪獸片的那個早晨。

可以說，我童年最強烈的驚喜與失落，都在怪獸的故事裡。如今，最容易使我感到快樂的，依舊是像小時候遇見怪獸那樣，在某個出乎意料的片刻獲得新奇的體驗。同樣地，直到現在仍讓我心裡過不去的，也還是當自己的價值，被所謂「正常」觀念傲慢否定的那一刻。

一旦弄清這一點，以怪獸為創作根源，也就不是什麼匪夷所思的事了。我先是以紀實的方式，完成了紀錄片《大怪獸台灣上陸》和書話《超復刻！怪獸點名簿》，卻感覺到單純敘述現實不足以表達所有感受；面對幻想與現實並存的童年，我必須更過頭一些，反正我童年追隨的也是大到不現實的怪獸，怎麼說都合情合理。所以接下來，我就開始虛構怪獸存在的世界。

這算不上什麼創舉。多少遊戲打造的就是怪獸存在的世界？多少電影靠想像的怪獸吸引觀眾？人們是喜歡怪獸的，怪獸讓人從另一種眼光看待「人」這種存在，用另一種尺度來看待時間流動，用更高或更廣、各種平常不可及的視野來看這世界。怪獸可以破壞的，不只是實體建築，也是枯燥的日常生活、不得不遵守的規範，讓人擺脫現實拘束，在與怪獸共存的想像中找到一點點自由餘地。

我相信只要身上的拘束還在，人們就需要怪獸來幫自己掙脫。而我在創造牠們時，就得用我自己的方式來面對身上的拘束。《陸上怪獸警報》中不少故事的背景都是我小時候，約莫一九九零年代的台北，那裡是孕育怪獸的溫床，卻也是一個缺乏描述的時空。我多少會納悶，為什麼那時候的美妙，一起長大的同學們好像都刻意遺忘了？那些盜版書上沒擦乾淨的日文、那些亂播一氣的非法第四台、那些颱風一吹就沒訊號的日本衛星電視，那些大山、中視、世一出版社的出版品、或是讀者文摘的《瀛寰搜奇》中一再傳誦的全球怪談，經過我們迷糊天真的腦袋，揉合成一個獨一無二的美麗混亂世界，卻鮮少有人為它留下記錄，如今只存於記憶中，成為我召喚怪獸的祭壇。

當我回到那個時空，面對過去的自己，怪獸就現身了，帶著些許懷舊的氣息，以及我擺脫不掉的那些烏雲——因不斷搬家而難以捉摸的週遭環境、對喜愛事物的過分執著、對消逝友人的追憶、對未知的恐懼、與他人的疏離感，綜合起來變成個人在巨大世界下的無力感。我在那之中又丟入了近幾年的新疑問——我為何能在那幾年看到怪獸？現實和歷史如何藉各種有意無意的訊息拼湊出來？社會這個機器是怎麼運作，而將哥吉拉恰巧地丟在我面前？《陸上怪獸警報》延續著《大怪獸台灣上陸》和《超復刻！怪獸點名簿》，持續召喚怪獸來面對這些問題，只是這次用了短篇小說，更接近二十多年前那個整天幻想、想到什麼就畫什麼寫什麼的小孩。這些問題並未隨著我持續創作而消失，甚至好像越來越多，但當我一次又一次把這些問題丟給怪獸，它們就變得越來越有趣，也吸引了更多新朋友，陪我來一起解開這巨大的謎。某方面來說，以前找不到人聽我講故事的那個小男孩，現在有了一整支冒險隊陪伴，多少也算是彌補了過去的遺憾吧。

我想感謝我的爸爸、媽媽、姊姊，始終全力支持我追求自己的興趣，容忍許多我沒有做好的事。最後就是一直在身邊陪伴鼓勵著，與我互為頭號支持者、死忠粉絲、迷弟迷妹的小龜……多虧有妳，又一本書完成了，謝謝。

出版／逗點文創結社
地址／330 桃園市中央街 11 巷 4-1 號
官方網站／www.commabooks.com.tw
電話／03-3359366
傳真／03-3359303

總經銷／知己圖書股份有限公司
台北公司／台北市 106 大安區辛亥路一段 30 號 9 樓
電話／02-23672044
傳真／02-23635741
台中公司／台中市 407 工業區 30 路 1 號
電話／04-23595819
傳真／04-23595493

ISBN／978-986-91476-3-7
初版一刷 2015 年 8 月
定價／280 元
版權所有・翻印必究
Printed in Taiwan

機密：TOP SECRET　機密：TOP SECRET　機密：TOP SECRET

陸上怪獸警報

作者／唐澄暐
總編輯／陳夏民
執行編輯／黃柏軒

封面設計／小子
godkidlla@gmail.com
封面繪圖／鍾侑軒 (Ian Chung)
ianex6@gmail.com

內文排版／陳恩安
globest_2001@hotmail.com

國家圖書館出版品預行編目資料

陸上怪獸警報／唐澄暐著
初版.—桃園市：逗點文創結社，2015.8
264面；14.8 x 21 cm（言寺；38）
ISBN 978-986-91476-3-7(平裝)

857.63　104010608

機密：TOP SECRET

機密：TOP SECRET

終……？